탐정 안강산

탐정 안강산
Detective

목차

전생을 기억하는 용의자 … 07

삼초흉가와 요조보살 … 42

유령 저택 살인사건 … 77

흉가에서 벌어진 연쇄살인과 씻김굿 … 129

사람을 죽이는 저주 굿의 비밀 … 168

전생을 기억하는 용의자 /

 오전의 공원은 더없이 푸르렀다. 밤새 내린 비로 공원의 나무와 꽃, 그리고 조각상까지 맑게 빛났다. 올해 칠십이 된 고석규는 빗물에 깨끗이 닦인 나무 벤치에 앉아 눈 앞에 펼쳐진 인공 연못을 바라보았다. 연못 안에 설치된 금속의 대형 바람개비가 끼익하는 쇳소리를 내며 돌아갔다. 그는 익숙하고 평온한 얼굴로 공원 풍경에 눈을 고정했다.

 월요일의 공원은 늘 그렇듯 한적하여 인공 연못 근처에는 사람의 발길이 드물었다. 벤치에 앉아 여유로운 시간을 보내던 고석규는 마저 공원을 돌기 위해 자리에서 일어났다. 순간 그의 등 뒤로 검은 복면을 한 남자가 스윽 다가왔다. 벤치 뒤 수풀 속에서 튀어

나온 남자였다. 고석규는 본능적으로 위험을 감지하고 뒤를 돌아봤다. 하지만 이미 상대의 팔이 그의 목을 휘감은 후였다.

"컥… 누구야?"

고석규는 남자의 복면을 벗기려 위로 팔을 뻗었다. 그때, 차고 날카로운 칼날이 사정없이 그의 복부를 파고들었다.

"너… 크헉!"

고석규는 사지를 늘어뜨린 채 그 자리에 쓰러졌고 괴한은 서둘러 자리를 피했다.

●

한 달 후, 안강산 탐정사무소에 건장한 체격의 한 남자가 찾아왔다. 30대 중반쯤 되어 보이는 거친 인상의 남자였다. 사무실 소파에 앉아 휴대폰을 뒤적거리던 강산의 눈이 막 사무실에 들어서는 남자에게로 꽂혔다.

'흠, 힘 꽤나 쓰는 사람이구먼. 동그란 어깨 하며 적당한 팔근육, 그리고 상체를 좌우로 흔들며 걷는 걸음걸이까지. 결정적으로 상대를 꿰뚫는 강한 눈빛이 예사롭지 않아. 파이터 아니면 어둠의 세계에 몸담고 있는 사람 같은데….'

"안강산 탐정님이 누굽니까?"

덩치만큼 쩌렁쩌렁한 목소리를 가진 남자가 소파에 앉은 강산과 컴퓨터 책상에 앉아 있는 탐정사무소 유일한 직원 미나를 번갈아 보며 물었다.

"제가 안강산입니다."

강산은 그제야 소파에서 일어났다.

"무슨 일로 오셨습니까?"

"그게 실은…."

당당하던 남자의 태도가 갑자기 수그러들었다.

"편히 말씀하십시오. 무슨 일입니까?"

강산은 부드러운 목소리로 그를 안심시키고 소파 맞은편에 앉혔다. 강산과 마주 앉은 남자는 잠시 호흡을 가다듬더니 입을 열었다.

"실은 저희 아버지가 얼마 전 복면을 쓴 괴한에 의해 돌아가셨습니다."

"아, 동남공원에서 일어났던 그 사건!"

강산도 익히 알고 있는 사건이었다. 산책 중이던 노인이 백주대낮에 공원에서 살해되었는데 경찰은 어떤 실마리도 못 잡고 있었다. 항간에서는 '묻지마 살인'이 아니냐는 말까지 도는 미스터리한 사건이었다.

"알고 계시군요. 저희 아버지가 바로 그 사건 피해자입니다."

의뢰인 고영찬은 눈물을 참으려는 듯 눈에 힘을 주었다.

"아버지는 그렇게 허망하게 가실 분이 아닙니다. 칠십이 된 나이에도 젊은 사람 한두 명은 거뜬히 당해낼 만큼 정정하셨는데 그렇게 어이없게 가시다니 이해가 안 됩니다."

"그렇군요. 그런데 부친께서 평소에도 그 시간에 자주 공원에 가셨나요?"

"네, 은퇴하고도 늘 규칙적으로 하루를 보내셨으니까요. 오전에 공원 산책을 다녀오신 다음 점심을 드시고 오후에는 친구분들이나 지인분들을 만나시고 늘 비슷했습니다."

"그날도 평소처럼 공원에 나갔다가 예상치 못한 변을 당한 거로군요. 혹시 누군가와 사이가 안 좋다든가 최근 이상한 전화가 왔다든가 한 건 없었나요?"

의뢰인 고영찬은 강하게 고개를 저었다.

"전혀요. 은퇴 전에는 동네에서 식당을 운영하셨는데 인심 좋기로 유명했습니다. 친구분들과도 관계가 좋고 남한테 싫은 소리 한 번 안 하셨습니다."

"그렇군요. 일단 알겠습니다."

강산은 자신의 자리에서 일을 하고 있는 미나를 시켜 고영찬에게 의뢰인 조사서를 작성하게 했다.

"조사서 쓰시고 댁에 돌아가 계시면 제가 연락드리겠습니다."

고영찬이 투박한 글씨로 조사서를 써 내려가던 중 그의 핸드폰이 울렸다.

"뭐? 준호가 술병이 나서 체육관에 안 나왔다고? 그 녀석 어떻게 된 거 아냐? 시합이 며칠이나 남았다고!"

고영찬이 신경질적으로 전화를 끊자, 강산이 슬쩍 물었다.

"체육관 운영하시나 봐요?"

"네, 격투기 체육관을 운영하는데 선수들이 가끔 이렇게 말썽을 부려서 어휴. 탐정님도 관심 있으시면 한 번 나오세요. 이런 일 하다 보면 별 험한 경우를 다 겪을 텐데 도움이 될 겁니다."

"하하, 그럴까요?"

강산은 의례적인 대답을 한 후 생각에 잠겼다.

'아들 체격을 봐도 그렇고 칠십 노인이 젊은 사람 한두 명쯤 거뜬히 당해낼 정도였다는 걸 보면 고인이 된 고석규 씨도 체격이 좋았겠는데?'

•

고영찬이 돌아간 후 강산은 해커 태상에게 연락해 피해자 고석규에 대한 조사를 부탁했다. 태상은 전직 형사였던 강산이 경찰에 몸담았던 시절 연을 맺은 인물로 현재는 프리랜서로 강산의 일을 돕고 있었다. 강산은 태상의 연락을 기다리며 직원 미나와 함께 사건 현장인 동남공원으로 향했다.

'흠, 여기가 사건이 났던 벤치란 말이지.'

공원 입구를 지나 20여 분쯤 산책로를 따라 계속 걸어가니 수풀 너머로 커다란 연못이 나왔다. 강산은 인공 연못이 보이는 벤치에 앉아 주위를 둘러보았다. 뒤로는 수풀이 우거져 있고 벤치 양옆으로는 나무가 빼곡히 들어차 있었다.

"탐정님, 여기는 사람들이 별로 안 다니는 곳인가 봐요. 저쪽 잔디밭이랑 산책로에는 사람들이 꽤 많던데."

"그러게, 비교적 외진 곳이고 인적도 드물어서 다른 장소에 비해 범행이 용이했을 거야. 대낮에 과감하게 범행을 저지른 걸 보면 상황을 잘 알고 있었던 것 같고."

잠잠하던 공원에 바람이 불자 연못 한가운데에 설치된 금속 바람개비가 기괴한 소리를 내며 돌아갔다.

"고인에게는 죄송하지만 왜 굳이 이렇게 외지고 으스스한 장소에서 휴식을 취했을까요?"

미나가 이해가 안 간다는 듯 물었다.

"글쎄, 나이가 들면 사람 많은 곳이 싫어지기 마련이지. 사람에 따라서는 저런 소리가 신경 안 쓰일 수도 있고."

"그럴까요? 하긴, 계속 듣고 있으니까 익숙해지긴 하네요."

"그렇지. 인간이란 적응의 동물이니까."

피해자의 동선을 따라 공원을 훑어본 강산과 미나는 잔디광장 옆 샌드위치 가게에서 간식을 먹었다. 그 사이 태상에게서 자료가 도착했다. 강산은 햄샌드위치를 씹으며 태블릿으로 태상이 보낸 자료를 확인했다.

"어, 이거 뭐야?"

화면을 보던 강산의 눈이 반짝했다.

"뭐가 있어요?"

커피를 홀짝이던 미나가 강산 옆으로 와 같이 자료를 들여다봤다.

"피해자 고석규, 예전 직업이 특이한데? 식당을 차리기 전 어둠의 세계에 몸담았던 적이 있어. 전과가 여러 개인 걸 보면 잠깐 스친 건 아닌 것 같네."

"어머, 그래요? 아까 의뢰인은 아버지가 아주 인심 좋은 식당 주인이었다고 했잖아요? 그럼, 아들은 아버지의 과거를 몰랐던 걸까요?"

"어둠의 세계에서 빠져나온 게 30년 정도 됐으니까 피해자 나이 마흔쯤이었겠지. 그때 의뢰인은 고작 두세 살 정도였으니까 부친의 무서운 과거를 몰랐을 가능성이 커. 피해자 역시 자랑하고 싶은 과거는 아니었을 테니 함구했을 거고."

"그럼 혹시 피해자가 그쪽 일을 할 때 원한을 진 사람이 범행을 저지른 거 아닐까요?"

강산은 손에 묻은 샌드위치 부스러기를 털어내며 대답했다.

"아들 고영찬이 기억하는 아버지는 인심 좋고 사람들과도 잘 지냈다고 하니 지금으로서는 그게 가장 유력하지."

강산의 머릿속이 빠르게 움직이기 시작했다.

●

강산은 우선 피해자 고석규와 같이 조직 생활을 했던 동료들을 찾아 나섰다. 그러던 중 여전히 현역으로 활동 중인 김영광이 강산의 레이더에 들어왔다. 강산은 김영광의 관할권인 술집으로 찾아갔다. 60대의 나이에도 꼿꼿하고 탄탄한 몸을 유지한 김영광은 옷차림도 머리 스타일도 젊은이 못지않았다.

"경찰도 아닌 탐정 선생이 왜 날 찾아오셨소?"

푹신한 소파에 비스듬히 기대앉은 그는 강산이 들어서자 날카로운 눈빛으로 강산을 훑어봤다. 그의 앞 테이블에는 독해 보이는 위스키와 잔이 놓여 있었다.

'흐음, 역시 현역이라 눈빛이 빈틈없고 노련하구먼.'

강산은 그의 시선을 받으며 맞은편 소파에 앉았다.

"다름이 아니라 고석규 씨에 대해 알고 싶어서 찾아왔습니다."

"고석규? 그게 누구야?"

그가 정색하자 가뜩이나 굵은 이마 주름이 더욱 깊게 패였다.

"일명 고릴라라고…."

그제야 김영광은 눈을 반짝이며 호기심을 드러냈다.

"아, 고릴라 형님! 그분은 왜?"

"얼마 전에 돌아가셨습니다."

"그래? 그 형님 나이가 벌써 그렇게 됐나?"

그는 호기심 어린 눈빛을 지우고 심드렁하게 툭 내뱉었다.

"그런데 자연사가 아니라 살인사건 피해자입니다."

"에이, 그럴 리가? 그 형님이 그렇게 허망하게 갔다고?"

"네, 안타깝게도."

"하아, 참 인생무상이구만. 한창 시절엔 혼자 열 명하고 붙어도 다 날려버리던 실력인데. 물론 다 옛날 얘기긴 하지만. 이쪽 바닥에선 전설로 남은 분이라고. 게다가 그 형님, 손 씻은 뒤로는 이쪽하고 싹 연을 끊어서 노릴 사람이 없을 텐데?"

김영광의 눈에 짧게나마 애도의 감정이 스쳐 갔다.

"고석규 씨가 일을 그만둔 뒤로 전혀 왕래가 없었나요?"

"그렇다고 봐야지. 형님이 이쪽 일에 손 떼고 나서 내가 몇 번 찾아간 적은 있지. 그런데 돌아올 기미도 없고 영 불편해하는 것 같아서 자연히 발길을 끊었지. 나랑은 참 돈독한 사이였는데, 서로 사는 방식이 다르니 어쩔 수 없지. 세상 거칠게 살던 인간이 그렇게 변했다는 게 신기할 뿐이지."

김영광은 옛 생각에 잠겨 위스키를 들이켜고는 강산에게 잔을 넘겼다.

"어쨌든 이것도 인연인데 내 술 한 잔 받지."

"아, 업무 중에는 술 안 마십니다. 아무튼 감사했습니다."

강산은 깍듯하게 인사하고 돌아섰다. 김영광이 강산의 뒤통수에 대고 한마디 던졌다.

"범인 꼭 잡아!"

그의 묵직한 말에 강산은 잠시 멈췄다가 걸음을 내디뎠다.

●

강산이 두 번째로 찾아간 사람은 젊은 시절 돈 문제로 피해자 고석규에게 호되게 당한 적이 있는 이정호라는 사람이었다. 당시 이정호는 한쪽 다리를 못 쓰게 될 정도로 심하게 구타를 당했고 그 건으로 고석규는 감옥에 다녀왔다. 현재 이정호는 목회자의 길을 걷고 있었다.

"반갑습니다. 탐정 안강산이라고 합니다."

강산은 교회 구내 카페에서 이정호 목사와 마주했다. 옅은 미소를 띠며 상대를 대하는 모습은 여느 목사들과 다르지 않았다.

"그 사람 죽었다지요?"

"네, 기억하기 싫은 일일 텐데 시간 내주셔서 감사합니다."

이정호 목사는 전혀 상관없다는 듯 온화한 미소를 지었다.

"그 사람 용서한 지 오래됐습니다. 그분 덕분에 도박중독자에서 이렇게 목회자가 되었으니 오히려 감사한 일이지요. 게다가 그분, 해마다 저희 교회에 찾아와서 기부도 하셨습니다. 어려운 사람들 도와주라고요. 결국 그분도 저도 새롭게 태어난 거지요. 그런데 그렇게 참혹하게 세상을 떠나셨다니 안타까울 뿐입니다."

"해마다 기부까지 하셨다니, 그건 몰랐습니다."

"벌써 오래된 일입니다. 10년쯤 전이었나, 용서를 구하겠다고 절 찾아오셨습니다. 전 이미 용서했다고 하니까 그분은 과거의 자신을 용서 못 했다고 하면서 작은 돈이나마 성의를 표하고 싶다고 하더군요. 그때부터 매년 크리스마스 전후로 저희 교회를 방문해 기부하셨습니다. 정말 감사한 일이지요."

강산은 예상 못 한 고석규의 선행에 혼란스러웠다.

'하아, 이거 왜 점점 꼬여가는 느낌이지?'

이정호 목사와 헤어진 후 과거 고석규의 다른 피해자들도 만나봤지만, 너무 오래전 일이라 그런지 대부분 그를 잊고 있었다.

'복수심이나 원망에도 유효기간이 있는 건가?'

●

 강산은 일주일 넘게 과거의 고석규와 관련된 사람들을 만나고 알리바이를 확인했다. 하지만 의심할 만한 인물은 찾지 못했다.

 '하아, 그럼 과거의 원한으로 인한 사건이 아니란 건가?'

 수사에 진척이 없자 강산은 미나와 태상을 불러 의견을 나눴다. 그들은 사무실 근처 갈빗집에 모여 앉았다.

 "그러니까 탐정님은 고석규의 과거 때문에 일어난 범죄는 아닌 것 같다, 이 말씀이죠?"

 불판 위에서 갈비가 지글지글 익어가자 미나가 피어오르는 연기를 손으로 휘휘 쳐내며 물었다.

 "그렇지. 30년도 더 된 일이라 대부분 잊고 살거나 용서했더라고. 일부 피해가 심각했던 사람들에게는 고석규가 직접 찾아가 사과와 보상을 하기도 했고."

 "그래요? 와, 사람이 그렇게 바뀔 수 있다는 게 더 놀랍네요."

 태상이 믿을 수 없다는 듯 고개를 갸웃했다.

 "갑자기는 아니고 계기가 있었겠지. 깨달음을 준 사람을 만났다든가, 종교에 귀의했다든가, 중요한 건 고석규가 왜 변했냐 보다 이렇게 변화한 고석규를 이 시점에서 누가 왜 죽였느냐야. 아무리 생각해도 이번 사건은 철저히 계획된 범행 같거든. 벤치 뒤 수풀에 숨어 있다가 범행을 저지른 후 다시 숲을 통해 도망쳤다. 그것도 CCTV가 없는 곳만 골라서….”

"그런데 과거의 인물 중엔 의심할 사람이 없다. 그리고 180도 달라진 삶을 산 현재의 고석규도 원한을 살 만한 사람이 없다, 이거네요?"

"그래서 골치가 아프다는 거지."

강산은 갈비를 한 점 집어 먹고 소주를 들이켰다.

"그럼, 범인은 제3의 인물일 가능성이 있다는 건가요?"

태상의 계속된 질문에 강산은 굳은 표정으로 고개를 끄덕였다.

"현재로서는 그렇지. 문제는 제3의 인물이 무슨 이유로 계획적으로 고석규를 죽였느냐야. 납득이 안 간단 말이지. 하다못해 고석규의 금품을 노린 것도 아니고. 계획범죄인 건 틀림없는데 동기가 뭔지 전혀 예측이 안 된단 말이야."

"제가 고석규 주변 인물을 더 파볼까요?"

태상의 말에 강산은 고개를 내젓고는 다른 방법을 제시했다.

"지금 상황에선 주변인보다는 고석규한테 집중해야 해."

"네?"

태상이 무슨 뜻인지 못 알아듣고 눈만 끔뻑이자 미나가 톡 끼어들었다.

"그러니까 그날 피해자의 동선이나 뭐 그런 거요?"

"바로 그거야. 고석규의 주변인은 조사할 만큼 했지만, 범행동기를 가진 사람은 없어. 과거 인물 중에 몇 명이 있긴 하지만 알리바이가 확실하고. 그러니까 가족이나 지인들도 모르는 고석규만의 뭔가가 있지 않을까 하는 거지."

태상은 그제야 고개를 끄덕였다.

"그럼, 평소 자주 다니던 장소 위주로 더 확인해 볼게요. 최근에 피해자 주변을 맴돈 사람이 있을 수 있으니까…"

"그래, 태상아. 네 어깨가 무겁다."

강산이 잘 익은 갈빗대를 골라 태상 앞에 몰아주었다. 미나가 어이없다는 표정으로 쳐다보자, 강산은 이를 드러내며 헤벌쭉 웃었다.

"미나야, 넌 말하면서 계속 먹었잖니? 태상이 얜 통 먹질 못해서 말이야."

"흥, 알았어요. 전 냉면이나 먹을래요."

미나는 냉큼 냉면을 시켜 호로록거리며 먹었다.

•

강산은 고석규의 아들 고영찬의 체육관으로 찾아가 피해자가 사망 전 자주 다녔다는 장소 목록을 받아왔다. 태상은 자신의 옥탑방에서 강산이 보낸 목록을 바탕으로 CCTV 영상을 확보했다.

"일단 고석규의 집과 공원, 동네 마트, 그리고 친구들과 자주 갔던 파전집 위주로 살펴보고 있는데요, 아직까지는 나온 게 없어요."

강산은 중간중간 계속 태상에게 연락해 경과를 물었다. 강산이 초조한 마음을 감추지 못하고 종일 사무실을 서성이자 보다 못한 미나가 한마디 했다.

"탐정님, 자료 넘긴 지 하루밖에 안 됐어요. 좀 진득하게 기다리시면 안 돼요? 릴렉스 몰라요? 릴렉스!"

"그래, 릴렉스 해야지."

강산은 사무실 소파에 몸을 푹 파묻었다가 다시 벌떡 일어났다.

"에휴, 이러다 우리 탐정님 병 나겠네. 제가 태상 오빠 집에 가서 좀 도울까요?"

"뭐, 네가? 미나 너, 그 핑계로 가서 태상이랑 놀려고 그러지?"

강산의 삐딱한 말에 미나는 어이가 없었다.

"어머, 말씀 이상하게 하시네? 저를 그 정도로밖에 생각 안 하세요?"

강산은 말실수한 것 같아 입을 꾹 다물고 눈을 감아버렸다.

"탐정님!"

미나가 빽 소릴 지르는데, 전화벨이 울렸다. 태상이었다.

"어, 태상아!"

강산이 들뜬 목소리로 전화를 받았다.

"어, 그래. 고생 많았다. 지금 바로 보내줘."

"벌써 자료 수집 다 했대요?"

"생각보다 빨리 끝냈네. 미나야, 이제부터는 너랑 나 하기에 달렸다. 자료 분류부터 시작하자."

"네, 그런데 저 한 시간 뒤면 퇴근이니까 그때까지만 할 거예요."

"그래? 그러지, 뭐. 어차피 오늘 끝낼 양이 아닐 테니."

강산의 말대로 확인해야 할 영상 분량이 꽤 많았다. 게다가 찾아야 할 대상이 명확치 않은 상황이니 더욱 시간이 걸렸다. 강산은 사무실에 이어 집으로 가서도 반복해 영상을 훑었다.

"하아, 도통 모르겠네. 걸리는 게 아무것도 없어."

강산이 다음 날 사무실에 출근하자마자 투덜거리자 미나가 회심의 미소를 지었다.

"탐정님 아무것도 못 건지셨나 봐요? 전 하나 찾았는데, 호호."

"뭐? 찾았다고?"

강산은 다급히 미나의 책상으로 달려갔다. 미나는 컴퓨터 화면에 영상을 띄워 보여주었다.

"여기 이 사람이요."

미나가 검은 마스크에 모자를 눌러쓴 남자를 지목했다.

"체형이나 옷차림으로 봐서는 젊은 남자 같은데? 이 사람이 왜?"

"이 사람, 사건 일주일 전부터 영상에 자주 등장해요. 여기 보면 피해자 집골목 CCTV에도 찍혔고 여기, 공원 입구 CCTV에도 사람들 속에 섞여 있는 거 보이시죠? 혹시나 하고 확인해 봤더니 시내 파전 가게 영상에도 잡혔더라고요."

"어? 정말 그러네. 난 왜 못 봤지?"

"CCTV가 있는 곳에서는 항상 사람들 속에 파묻혀서 움직였어요. 아무래도 의도적으로 그런 것 같아요."

"하참, 꼭 '월리를 찾아라'에 나오는 월리 같네."

"월리를 찾아라? 그게 뭐예요?"

20대의 미나가 '월리를 찾아라'를 알 리 없었다.

"훗, 미나 넌 모르는구나. 한때 선풍적인 인기를 끌었던 책인데. 아무튼 미나 네가 큰 건 했다. 이제 이 남자의 신원을 밝히는 일만 남았네."

강산은 반복해서 CCTV 영상을 돌려 보며 남자의 특징을 파악했다. 동시에 태상에게 연락해 남자의 동선 위주로 좀 더 폭넓게 조사해 달라고 부탁했다.

"흐음, 이런 젊은 친구가 왜 고석규의 뒤를 밟았을까?"

강산은 고석규의 가족이나 지인 중에서 20대 초반 남자를 전부 확인해 보았다. 하지만 그 수도 적을 뿐 아니라 의심할 만한 사람도 전혀 없었다.

"이상하네. 일면식도 없는 사람이 이렇게 공을 들여 범행을 저질렀다? 고석규는 인터넷도 안 하던 사람이라 온라인으로 엮인 것도 아닐 테고, 치밀하게 주변을 맴돈 걸 보면 묻지마 범죄도 아닌데?"

결국 강산은 고석규의 뒤를 밟은 청년을 만나야 실마리가 풀리겠다고 판단했다. 강산은 답답한 마음을 안고 직접 태상의 옥탑방으로 찾아갔다.

"태상아, 이것 좀 먹고 해라."

강산은 간식으로 사 간 만두와 음료를 테이블에 내려놓고는 태상의 컴퓨터에 띄워진 CCTV 영상을 지켜봤다.

"고석규 씨 집 앞에서부터 동선을 역추적해 보니까 늘 11번 버스를 타고 내리더라고요. 돌아갈 때도 마찬가지고요. 그래서 11번 버스 노선을 따라서 정류장 CCTV를 하나씩 확인 중이에요."

강산은 감탄스레 화면을 들여다봤다.

"어? 저 사람 아니야?"

"아, 맞아요! 여기가 미호동 시장 앞 정류장이니까 여기서부터 또 주변 CCTV를 확인해 봐야죠."

"흐음, 미호동이면 동남대 근처네?"

"네, 버스에서 내려서… 아, 저기 슈퍼 옆 골목으로 들어가네요. 그 다음에는… 어, 더 이상 CCTV가 없는데요?"

태상은 다 잡은 고기를 놓친 것처럼 안타까워했다.

"혹시 다른 날 영상에는 뭔가 잡히지 않았을까? 용의자 얼굴이 드러난 거면 좋은데."

20대 초반으로 보이는 용의자는 늘 버스에서 내려 슈퍼에 들렀고 바나나우유를 사 들고 골목으로 사라졌다.

"어, 저기!"

항상 마스크를 쓴 채 골목으로 사라졌지만, 한 영상에서 바나나우유를 마시는 장면이 포착되었다. 그 덕에 마스크가 턱 밑으로 내려가 있었다.

"와아, 굉장한 미남이네요. 나이도 어려 보이고."

"역시 젊은 친구가 맞네. 그런데 이 친구 뒷목에 있는 이 시커먼 거 뭐지? 점인가?"

"허억, 이게 점이라면 엄청 큰 점이네요."

"오케이! 태상아, 이 사진 뽑아줘."

"네."

강산은 간식으로 사 간 만두 하나를 날름 입에 넣고 황급히 밖으로 나왔다. 그리고 곧장 CCTV에 찍힌 슈퍼로 가기 위해 미호동으로 넘어갔다.

●

'흠, 이 슈퍼란 말이지.'

강산은 슈퍼에 들어가 바나나우유를 사며 주인에게 물었다.

"바나나우유 많이들 사 먹죠?"

"네, 뭐 다들 좋아하니까요."

나이 든 여주인은 강산을 쳐다보지도 않고 거스름돈을 내주었다.

"저기, 손님 중에 바나나우유 자주 사 가는 잘생긴 청년 있지 않나요?"

"글쎄요. 학교 근처라 잘생긴 청년이 한둘이 아니라서…."

그녀가 영 귀찮다는 듯 심드렁하게 반응하자 강산은 몸을 확 돌려 음료 냉장고로 갔다. 그리고는 냉장고 안에 든 스무 개 남짓의 바나나우유를 모두 꺼내 계산대로 가져왔다.

"헉, 이걸 다 사시게요?"

여주인은 그제야 강산을 쳐다봤다.

"네, 워낙 좋아해서요. 하하. 그리고 현금으로 계산하겠습니다."

강산은 지폐를 건네며 뒷주머니에서 스윽 CCTV 캡처 사진을 꺼냈다.

"혹시 이 청년 기억하시나요? 목 뒤에 큰 점도 있는데."

"아, 이 학생 알죠. 우리 가게 단골이에요."

반색하던 주인이 돌연 경계하는 눈빛을 띠었다.

"그런데 이 학생은 무슨 일로 찾으세요?"

"아, 그게…. 얼마 전에 요 앞에서 사고가 났는데 이 친구가 도움을 줬거든요. 그래서 감사 인사라도 전하고 싶어서 찾고 있습니다."

강산은 대충 둘러댔다.

"아, 그래요? 그럴 만한 학생이죠. 예의도 바르고 싹싹하니까. 저희 가게에 자주 들르는 걸로 봐서 이 근처에 사는 것 같긴 한데…."

"이 친구, 여기 얼마나 자주 오나요?"

"적어도 이틀에 한 번꼴로는 올걸요? 가끔 술도 사 가고 반찬거리도 사 가니까."

"그래요? 아, 잘 알았습니다."

강산은 바나나우유가 담긴 큰 봉지를 손에 들고 밖으로 나왔다.

●

강산은 슈퍼 근처를 어슬렁거리며 용의자가 나타나기만을 기다렸다. 그렇게 주변을 맴돈 지 3일째 되던 날 드디어 용의자가 나타났다. 그는 슈퍼에 들러 음료수를 사 들고 터덕터덕 골목으로 들어갔다. 강산이 그 뒤를 쫓았다.

'큰 키, 또렷한 이목구비, 그리고 목뒤의 점….'

강산은 그가 CCTV에서 봤던 용의자임을 확신했다.

"잠깐만요!"

"네? 무슨 일이시죠?"

청년은 친절한 미소를 머금고 고개를 돌렸다.

"고석규 씨 아시죠?"

"그런 사람 몰라요!"

한 치의 망설임도 없는 단호한 대답이었다.

'모르는 사람이라면 반응이 이렇게 빠를 수 없지.'

강산은 상대가 당황한 걸 눈치채고 더욱 조여들었다.

"고석규 씨를 따라다니면서 계속 관찰을 했던데, 왜 그런 거죠?"

"난 그 사람이 누구인지도 몰라요!"

얼굴이 벌게진 청년은 손까지 내저으며 완강히 부인했다. 순간 강산의 눈에 그의 오른손에 난 상처 자국이 들어왔다.

'저건 흔치 않은 상처인데? 날카로운 물건을 처음 써보는 초심자들에게 생기는 상흔!'

강산은 그가 범인이라 확신하고 여유롭게 물었다.

"고석규 씨한테 무슨 원한이 있길래 그렇게 잔혹하게 죽인 거죠? 도저히 이해할 수가 없군요."

"이 사람이 무슨 소릴 하는 거야? 난 전혀 모르는 일이에요!"

청년은 강산을 툭 밀치고 골목 반대쪽으로 빠져나갔다. 강산은 돌아서는 척하다가 슬금슬금 뒤를 밟았다. 그는 강산이 따라올까 걱정되는 듯 가끔 뒤를 돌아보며 동네를 뱅뱅 돌다 확실히 따돌렸다고 판단했는지 다급히 한 빌라로 들어갔다. 강산은 그의 주소지를 확보한 뒤 이후부터는 미나에게 잠복을 시켰다.

"미나야, 사소한 거라도 좋으니까 최대한 많은 정보를 알아내 줘."

미나는 충실하게 용의자를 따라붙었고 그가 동남대 1학년에 재학 중인 김종휘라는 것, 몇 개월째 신경정신과에 다닌다는 것 등을 알아냈다.

"오케이, 이제 태상이가 나설 차례네."

태상은 김종휘가 다니는 신경정신과 전산망을 해킹해 자료를 수집했다. 자료를 가지고 직접 탐정사무소로 달려온 태상은 강산을 보자마자 호들갑스레 말했다.

"탐정님, 김종휘 이 사람 미치광이 같은데요?"

"그게 무슨 소리야?"

자료를 건네받은 강산은 빠른 눈으로 내용을 살폈다.

"어, 그러네. 전생에 대한 망상에 사로잡혀 있음, 전생에 자신을 죽인 사람을 찾아내 복수를 하겠다고 토로, 중증 강박증세를 보임. 하, 이거 참…."

강산은 딱딱 두통이 밀려와 소파 등받이에 몸을 기댔다.

"그런데 왜 하필 그 대상이 고석규지?"

"저도 그게 이상해요. 왜 굳이 그 사람인지."

미나가 둘의 대화에 끼어들었다.

"일면식도 없는 사람을 콕 찍어 범행했다면 혹시 상담 내용이 사실 아닐까요?"

"그게 무슨 말이야? 고석규의 죽음이 김종휘의 전생과 관련되었다는 거야?"

"에이, 말도 안 돼!"

강산과 태상이 믿을 수 없다는 듯 차례로 내뱉었다.

"왜요? 두 분은 전생 안 믿으세요? 난 전생이 있다고 생각하는데, 태상 오빠 양자역학 공부한다면서 전생을 안 믿어?"

"뭐? 양자역학? 그거랑 전생이 무슨 상관인데?"

강산은 알수록 복잡해지는 사건에 머리가 턱 멈추는 것 같았다.

"그래, 일단 모든 가능성을 열어두고 살펴봐야지. 세상에는 우리가 모르는 것도 많을 테니까."

강산은 깊게 한숨을 내쉬며 창가로 가 푸른 하늘을 올려다봤다.

'중요한 건 김종휘가 고석규를 죽인 범인일 가능성이 아주 높다는 거야. 그러니 범행동기를 찾기 위해서라도 그의 말을 무시할 수는 없어. 그의 믿음이 진실이든 아니든, 그쪽으로 더 파보는 수밖에.'

●

며칠 후 강산은 김종휘가 최면연구소에도 드나들었다는 정보를 입수하고 곧장 연구소로 향했다.

"어서 오세요. 최면 받으러 오셨죠?"

시옷 자 콧수염을 기른 나이 지긋한 남자가 강산을 맞았다. 그는 넥타이 없이 위아래로 검은 양복을 입고 있었다.

"아, 그게 아니라 뭣 좀 여쭈려고 왔습니다."

멋스럽게 콧수염을 기른 남자는 최면연구소 소장 김우식이었다. 그와 마주 앉은 강산은 조심스레 질문을 던졌다.

"김송휘 씨 아시죠?"

"네, 잘 압니다. 예전에 자주 오셨던 분이니까요."

"김종휘 씨가 최면을 통해 알고 싶어 한 게 뭡니까? 최면 상태에서 어떤 말들을 했나요?"

"그건 개인적인 사항이라 알려드릴 수 없습니다."

김우식이 단호하게 말하자 강산은 예상했다는 듯 차분히 말을 이었다.

"당연히 그러시겠죠. 하지만 살인사건과 관련된 일입니다. 비밀은 지킬 테니 염려 마시고 협조 부탁드립니다."

"그게 정말입니까?"

차분하게만 보였던 김우식이 몹시 충격을 받은 듯 갈라진 목소리로 말했다.

"김종휘 씨가 최면 상태에서 무슨 말을 했습니까?"

"그러고 보니까 최면할 때마다 분노가 대단했습니다. 깨어나서는 항상 누군가를 죽여야 한다고 했고요."

"그래요?"

강산의 눈이 반짝 빛났다.

"자세히 말씀해 보시죠."

김우식은 최면을 녹음한 테이프를 가져와 일부를 들려주었다.

"김종휘 이분은 저희 연구소를 오기 전부터 이미 자신의 전생을 기억하고 있었습니다. 그 기억들이 조각조각 흩어져 있어 최면을 통해 맞추고 싶었던 거지요. 처음 연구소에 왔을 때 상담했던 내용을 보면 전생의 김종휘 씨는 40년 전 억울한 죽임을 당해 야산에 묻혔다고 합니다. 그리고 죽은 지 20년 만에 환생했는데 열아홉 살 때까지만 해도 전생의 기억에 대한 확신은 없었다고 해요. 그런데 고등학교를 졸업하고 동남대에 입학하면서 동남시로 오게 됐는데 그때부터 기억이 확실해졌다고 합니다."

"그럼 어려서부터 쭉 전생을 기억했다는 건가요?"

"본인 얘기로는 그렇습니다. 특이한 건 대부분 전생을 기억하는 사람들은 사춘기 전에 기억을 잃게 마련인데 이분은 오히려 더 명확해진 케이스입니다. 워낙 특이한 경우라 저도 눈여겨봤습니다."

강산은 믿기 힘들다는 듯 팔짱을 끼었다.

"일반인은 잘 모르시지만 사실 저희 연구소에 찾아오시는 분 중에 굉장히 많은 분이 전생에 대한 기억으로 고통을 호소합니다. 제가 하는 역할은 그 고통으로부터 마음의 평안을 찾을 수 있도록 도와드리는 거고요."

"흠, 그렇군요."

김우식 소장과의 대화를 마친 강산은 연구소 계단을 내려오며 생각에 잠겼다.

'하아, 이젠 공소시효 기간을 전생까지 포함시켜야 하는 건가?'

강산은 푹 한숨을 내쉬고 다음 장소로 걸음을 옮겼다.

●

강산은 용의자 김종휘가 열아홉 살까지 살았던 시골로 내려가 그의 친구와 지인, 가족을 만났다. 대부분 강산을 경계하며 입을 열지 않아 난감하던 때에 김종휘의 중학교 동창과 접촉할 기회가 생겼다. 운 좋게도 그는 몹시 수다스러운 친구였다.

"종휘 잘 알죠. 한때 꽤 친했으니까요. 중3 때 주먹다짐하고 나서 절교하긴 했지만요."

"그렇군요. 그런데 혹시 김종휘 씨한테 전생 이야기를 들은 적 없습니까?"

강산이 넌지시 묻자, 그가 기억을 더듬으며 답했다.

"아, 생각해 보니까 걔, 그런 쪽으로 엉뚱한 소릴 엄청 많이 했어요. 전생이니 환생이니, 그런 말을 달고 살았어요. 전교생이 다 알 정도로요."

"오, 그래요?"

"그 녀석, 친구들 점 봐준다고 나대기도 하고 전생에 자기가 잘나가는 교수였는데 술집에서 억울하게 죽었다는 말도 했어요."

"교수요?"

"네. 그것도 수학과 교수요. 근데 아주 거짓말은 아닌 게, 종휘 걔가 공부를 썩 잘하는 편은 아니었는데 수학 문제는 선생님들보다 더 잘 풀었어요. 수업 시간에 걔가 질문하면 선생님들이 막 당황해서 쩔쩔맸고요. 들은 얘기로는 고등학교 가서도 3년 내내 만점이었대요. 수학 평균이 백점이라니, 이게 말이 돼요?"

"뭐 그럴 수도 있겠죠."

강산은 그와 헤어지고 나서 동남시로 돌아왔다.

'전생이든 꿈이든 망상이든 그것 때문에 고석규를 죽인 게 분명해.'

그 사이 김종휘에 대해 추가 정보를 캐낸 태상이 연락을 해왔다.

"김종휘 인터넷 사용 기록을 확인해 보니까 범행에 사용할 도구를 검색한 기록이 남아 있더라고요. 복면이랑 날카로운 단도, 그리고 단도 사용법 같은 걸 세세히 검색하고 구입했어요."

"그래, 알았어. 이제 실물 증거만 확보하면 되겠네. 태상아, 수고했다."

강산은 의뢰인 고영찬을 만나 지금까지의 수사 상황을 알려주고 김종휘의 자택을 수색할 일만 남았다고 전했다. 김종휘 집을 수사하는 건 경찰의 몫이라고 하자 고영찬은 경찰에 직접 이야기하겠다고 했다. 그날 저녁, 강산은 동남경찰서 근처 선술집에서 오형식 수사과장을 만났다. 오형식은 강산의 형사 시절 선배였다.

"오늘 고석규 사건 관련 신고 들어왔죠?"

"어? 강산이 네가 그걸 어떻게 알아? 너 경찰서도 도청하냐?"

오형식은 소주를 털어 넣으며 농담처럼 말했다.

"선배님도 참. 그래서 어떻게 됐습니까?"

"뭘 어떻게 해? 무시하고 말았지. 피해자 아들이 갑자기 전화를 걸어와서는 김종휘란 사람이 범인이니까 집을 수색해 달라고 떼를 쓰더라고. 허 참, 증거도 없이. 근데 강산이 너도 그 사건 맡은 거야?"

강산은 안주로 시킨 오징어볶음을 뒤적거리며 대답했다.

"네, 피해자 아드님한테 김종휘 씨 이야기한 게 바로 접니다. 그리고 출동 안 하실 것 같아서 이렇게 찾아온 거고요. 제가 확인한 바로는 아무래도 김종휘가 범인이 맞는 것 같습니다."

"글쎄 뭐가 있어야 출동하든 말든 하지."

오형식이 슬쩍 강산의 눈치를 살폈다. 강산이 기다렸던 바였다.

"김종휘가 피해자 고석규 주변을 미행했던 CCTV 영상도 찾았고 인터넷에서 복면과 연장을 구입한 기록도 확보했습니다. 게다가 처음 그런 물건을 다루는 사람 손에 남는 상흔까지, 이 정도면 출동할 만하지 않나요?"

"강산이 너, 그걸 다 확보했다는 말이야?"

"당연하죠. 그럼 출동하시는 거죠?"

"좋아, 대신 이 사건 내가 먹는다."

"아무렴요. 맛있게 싹싹 드시고 승진하십시오. 전 사건만 해결하면 되니까요."

●

다음 날 동남서 오형식 과장은 김종휘의 원룸을 덮쳤고 강산의 예상대로 범행도구와 범행일지 등이 그의 집에서 나왔다. 그날 저녁 강산은 이번 일에 많은 기여를 한 미나와 태상을 불러 그들이 평소 노래를 부르던 랍스터를 사주었다.

"두 사람 고생 많았다. 너희들 아니었으면 힘들 뻔했다. 이번에 정말 대단했어."

"그걸 이제 아셨어요? 이번뿐 아니라 다른 때도 늘 그랬다고요."

"그런가?"

강산과 미나의 흥겨운 대화를 태상이 끊었다.

"그런데 김종휘요, 재판 가면 형량이 얼마나 나올까요?"

강산은 잠시 생각에 잠겼다가 입을 뗐다.

"신경정신과 치료 기록 때문에 심신미약이 나올지도 모르지. 그렇게 되면 형량이 한참 줄어들 거야."

태상이 심각한 표정으로 다시 물었다.

"탐정님은 김종휘가 정말 전생을 기억한다고 생각하세요?"

"글쎄 반반? 진실은 본인만 알겠지. 전생의 기억이 사실이든 아니든 범죄는 용납될 수 없고 말이야."

"그러게요. 그래서 전 전생 같은 거 안 믿기로 했어요. 그냥 주어진 인생 충실히 살면 되는 거 아닌가요?"

태상도 강산의 의견에 동조하자 미나가 눈을 동그랗게 뜨고 두 사람을 쳐다봤다.

"어머, 두 분 다 전생이 궁금하지 않아요? 이전 생에 난 어떤 사람이었을까? 어떻게 살다 어떻게 죽었을까? 전생에 나랑 탐정님은 어떤 인연이었길래 이렇게 만났을까? 이런 거 생각하면 재밌잖아요? 나만 그런가?"

"미나 너랑 말 통할 사람 딱 한 명 있네. 백화."

가볍게 농담을 주고받으면서도 강산은 왠지 찜찜한 느낌을 지울 수 없었다.

'하아, 사건을 해결했는데 이 꺼림칙한 기분은 뭐지?'

●

한 달 후, 난데없이 구치소에 있는 김종휘에게서 편지가 날아왔다.

'어? 이게 뭐야?'

강산은 사무실 소파에 앉아 편지를 뜯어보았다.

탐정님, 안녕하십니까? 김종휘입니다.

'이 사람이 왜 나한테 편지를 썼지?'

강산은 한껏 궁금한 표정으로 다음 내용을 읽어 내려갔다.

부탁이 있어서 글을 씁니다. 원래 제가 계획했던 건 전생의 원수인 고석규에게 복수를 하고, 미제사건으로 묻힌 제 전생의 유골을 거두어 밝히는 것이었습니다. 하지만 고석규를 죽인 다음 유골이 묻힌 야산을 찾아 헤매던 중 이렇게 잡히고 말았습니다. 지금도 유골이 묻힌 장소가 눈앞에 선

한데 동남시가 낯선 저로서는 그 야산을 찾는 게 쉽지 않았습니다. 송구스럽지만 탐정님이 저 대신 제 전생의 유골을 거둬 주셨으면 합니다.

'하아, 살인범이 나한테 부탁을 다 하네?'
강산은 어이없다는 얼굴로 테이블에 편지를 내려놓았다.
"탐정님, 무슨 일이에요?"
"지난번에 잡아넣은 김종휘, 그 친구가 나더러 본인 전생의 유골을 찾아 달란다."
편지를 집어 읽은 미나는 이해가 된다는 듯 고개를 끄덕였다.
"심신미약을 주장하기 위한 거라면 정말 치밀한 연극이긴 한데, 만약 이 사람 말이 진짜라면 또 하나의 미제사건을 해결하는 거잖아요? 탐정님, 좋은 일 하는 셈 치고 한 번 찾아볼까요? 여기 최면에서 봤다는 야산 지도도 동봉되어 있어요."
강산은 끄응 소리를 내면서도 지도에 눈을 고정했다.
"여기가 어디냐? 산 입구를 지나서 계곡을 따라 올라가다가… 오른쪽엔 기암절벽이 나오고… 반대 쪽엔 자작나무 숲길이…"
강산의 얼굴이 서서히 굳어졌다.
"여기 용화산 뒤로 이어지는 야산 같은데? 예전 형사 시절에 강력 사건이 많이 일어났던 곳이야!"

지도 속 유골이 묻힌 장소는 꽤 정확하고 세세하게 표기되어 있었다. 강산은 어렵지 않게 그 장소를 찾아냈고 김종휘가 말한 유골을 발견했다. 정확히 말하면 김종휘의 전생인 수학교수 이학진의 유골이었다. 놀랍게도 같은 장소에서 또 한 사람의 유골이 발견되었다. 나중에 경찰이 발표한 바로는 고석규에게 살해당한 또 다른 인물이자 이학진이 자주 가던 단골 술집 주인의 유골이었다.

"저는 전생에 대학에서 수학을 가르치는 사람이었습니다. 가끔 혼자 들르는 동네 술집에 술 한잔을 하러 들렀다가 고석규와 그의 일행들이 술집 주인을 죽이는 걸 목격했습니다. 고석규는 목격자를 없애야 한다면서 저를 야산으로 끌고 갔고 이미 목숨이 끊어진 술집 주인과 같이 매장했습니다."

구치소에서 김종휘를 접견한 강산은 씁쓸한 기분으로 사무실로 돌아왔다.

결국 김종휘가 전생을 기억했다는 말은 사실인 건가?

유골이 발견됨으로써 술집 주인 살해 사건과 수학 교수 실종 사건까지 두 건의 미제사건의 진실이 밝혀졌다.

"거봐요, 탐정님! 전생은 존재한다니까요."

미나가 기세등등하게 말했다.

"하아, 난 잘 모르겠다. 살인자에 의해 죽임을 당한 사람이 환생해서 살인자가 되고, 그 살인자가 유골을 통해 다시 살인자를 밝히고. 흐아, 머리 아파."

강산이 머리를 부여잡자 미나가 쿡 웃음을 터뜨렸다.

"우리 탐정님 귀여운 데가 있단 말이야."

의도치 않게 세 사람의 죽음을 밝혀낸 강산은 복잡한 머리를 풀어내려 사무실을 나섰다. 그의 머리 위로 새빨간 저녁노을이 일렁이고 있었다.

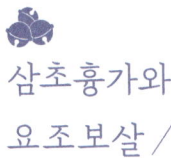
삼초흉가와
요조보살

　　　　　　　　아무리 무당이라고 해도 꽤 겁이 나는 일이었다. 그녀가 지금 찾아가고 있는 흉가는 워낙 악명 높은 곳이었다. 낮에도 사람들이 가기를 꺼리는 그곳에 자정에 맞춰 가자니 오금이 저릴 지경이었다. 제대로 된 신을 모시는 무당이라면 모를까, 적어도 요조보살에게는 돈이 아니었으면 절대 가지 않을 곳이었다. 굿을 할 때 쓰려고 가져온 방울이 그녀의 손안에서 딸랑딸랑 불길한 소리를 냈다.

　"그냥 인증 사진이나 그럴듯하게 찍어서 의뢰인한테 보내고 빨리 내려가야겠다."

　자정에 식도를 입에 물고 굿을 해달라는 의뢰를 받은 요조보살은 삼초흉가라는 곳에 발을 들이며 나직이 중얼거렸다. 소문대로 무언가 타는 냄새가 흉가 안을 가득 메우고 있었다. 사람들의 말에 의하면, 흉가 근처에 가면 무언가 타는 듯한 냄새가 나고 그 뒤부터 귀신들이 출몰한다고 했는데, 사실이었다.

"설마…."

요조보살은 반신반의하며 흉가 안으로 들어갔다. 그리고 무엇을 보았는지 소스라치게 놀랐다.

"허…어어…크억!"

다음 순간, 그녀가 들고 있던 시퍼렇게 날이 선 칼이 그녀의 목 안으로 꽂히고 말았다.

·

안강산 탐정사무소에 요란한 손님이 찾아왔다. 짙은 화장에 화려한 옷차림은 물론이고 말투까지 거침없는 중년 여자였다. 강산은 자신의 앞에 앉자마자 쉴 새 없이 말을 늘어놓는 의뢰인을 게슴츠레한 눈으로 바라봤다.

'동생이 억울하게 죽은 것 같다고 찾아온 사람이 사건과 관련 없는 개인사만 늘어놓고 있네. 슬픈 기색도 별로 안 보이고, 질문할 틈도 주지 않고….'

강산의 생각을 아는지 모르는지 의뢰인 금보화는 수다를 멈추지 않았다.

"그러니까 이쪽 길로는 절대 들어서지 말라고 내가 그렇게 당부했건만, 신기도 없는 애가 결국 이 길로 들어와서는…. 어휴…."

가만히 듣고 있던 강산이 다급히 그녀를 제지했다.

"잠시만요!"

강산은 그녀의 입이 다시 열릴까 두려워 손까지 들어 보이며 말을 막았다.

"신기라면 혹시 동생분이 무속 관련 일을…?"

"아, 네. 맞아요. 그런데 동생이 어떻게 무속의 길로 들어서게 되었냐 하면, 아까 우리 자랄 때 힘들었던 얘기는 했던 것 같고, 그러니까 그 다음이…."

금보화가 또 두서없는 말을 시작하자 강산도 더는 못 참겠다는 듯 이번에는 두 손을 번쩍 들었다.

"금보화 씨, 지금 동생이 흉가에서 죽었고 당신은 그 죽음이 누군가에 의한 타살이라고 주장하고 있습니다. 만약 그 주장을 확인하고 싶다면 지금부터 제가 묻는 말에만 답하셔야 합니다. 아시겠죠?"

강산이 굳은 얼굴로 말하자 금보화는 딸꾹 숨을 삼키고는 고개를 끄덕였다.

"죄송해요. 제가 흥분하면 말이 좀 많아져서…."

"이해합니다. 사랑하는 동생을 잃었으니 오죽하겠습니까?"

강산은 미나를 시켜 금보화에게 차 한 잔을 내준 뒤 질문을 시작했다.

"동생분인 요조보살이 용화산 자락에 있는 삼초흉가에 갔다가 사망했다. 그런데 의뢰인은 그것이 귀신에 당했다거나 스스로 안 좋은 선택을 했다거나, 둘 다 아니라는 거죠?"

"그렇죠. 요조가 아무리 신기 떨어지는 보살이라고 해도 명색이 무당인데 그렇게 죽었을 리가 없지요. 악귀에 씌어 시름시름 앓다 죽으면 몰라도…."

"흉가에서 자살을 했다는 경찰의 수사 결과도 안 믿는 거구요?"

금보화는 흐흥 하고 코웃음을 쳤다.

"말도 안 되죠! 우리 동생은 돈과 재물에 욕심이 아주 많았거든요. 그런 애가 팔자에도 없는 무당 노릇까지 하면서 악착같이 모은 돈을 버리고 스스로 죽음을 택해요? 에이, 절대 그럴 리 없어요!"

금보화가 두툼한 손을 내저었다. 강산은 그녀의 손목에 매달린 염주를 힐끗 쳐다봤다.

"의뢰인도 혹시 그쪽 일을 하시는…?"

"네, 맞아요. 저는 제대로 신을 모시고 있지만 요조는 제가 돈을 잘 버는 것 같으니까 사람들한테 신기가 있는 척하고 무당 일을 시작한 겁니다. 그런데 제법 인물도 좋고 눈치도 있어서 저보다 더 잘 나갔지요."

"하아, 그렇군요. 그런데 동생분이 삼초흉가에서 그런 참변을 겪었다? 제가 생각해도 의뢰인께서는 납득하기 힘드셨을 것 같네요. 그쵸?"

금보화는 힘차게 고개를 끄덕거렸다.

"잘 알겠습니다. 일단 의뢰인 조사서 작성하시고 댁에 돌아가 계시면 제가 차후 일정을 알려드리겠습니다."

"탐정님, 우리 요조의 한을 꼭 풀어주세요. 부탁드립니다."

막상 상담이 마무리되자 금보화는 침울한 표정이 되었다. 이제야 가족을 잃은 의뢰인의 모습 같았다.

"탐정님, 역대급 의뢰인이었던 것 같은데요?"

고양이처럼 자신의 자리에 오도카니 앉아 강산과 의뢰인을 지켜보던 미나가 냉큼 소파로 와 강산의 맞은편에 앉았다.

"그러게 말이다. 내가 중간에 말을 안 끊었으면 그분 인생사 다 들을 뻔했다."

"잘하셨어요. 오죽했으면 의뢰인 얘기 잘 들어주기로 소문난 우리 탐정님이 말을 다 끊었을까?"

미나는 뭐가 그렇게 우스운지 연신 킥킥댔다.

"그런데 미나야, 너 그 흉가에 대해 아는 거 있니? 삼초흉가라는 데 말이야."

"아, 삼초흉가요? 잘 알죠. 제 친구 하나도 거기에 다녀왔는데 진짜 귀신을 목격했다고 하더라구요."

"그래?"

강산은 믿을 수 없다는 듯 피식 웃고 말았다.

●

강산은 일단 미나와 함께 삼초흉가를 찾아가 보기로 했다.

"굳이 가야 할까요? 갔다가 귀신이라도 붙으면…."

강산의 에스유비(SUV) 동승자석에 탄 미나는 겁이 나는지 살짝 목소리가 떨렸다.

"미나야, 너도 무서운 게 있니?"

강산은 의외라는 듯 조수석의 미나를 힐끗 쳐다보고는 차를 출발시켰다.

●

"그런데 미나야, 흉가 이름이 왜 삼초흉가냐?"

흉가가 자리한 용화산 자락 주차장에 차를 대고 산길을 오르며 강산이 미나에게 물었다.

"아, 그거요? 후훗, 그 흉가에 들어가면 무조건 3초 안에 귀신을 본다고 해서 삼초흉가로 불린다고 알고 있어요."

"오호, 그래? 그럼 나도 오늘 귀신을 보는 거냐? 하하."

강산은 자신 있게 웃어 젖혔다.

"탐정님, 그렇게 자신할 일은 아니라고 보는데요?"

긴장한 듯 말은 했지만, 막상 흉가가 가까워지니 미나의 걸음이 빨라졌다.

"미나야, 겁먹은 거 아니었어?"

"좀 무섭긴 한데 막상 오니까 귀신을 보고 싶단 생각도 드네요. 제가 상대해서 때려잡을 수 있을지도 궁금하고."

"이제야 미나 같구만, 하하."

강산은 미나를 흐뭇하게 바라보고는 여유롭게 산길을 올랐다. 흉가는 산 초입에서 멀지 않은 곳에 자리하고 있었다. 근처에는 용화산 공동묘지가 있어 나름 흉가로서의 위용은 갖춘 셈이었다. 강산이 미나의 뒤를 따라 흉가로 접근하는데 그의 핸드폰 벨이 울렸다.

"아, 선배님. 여보세요…. 네? 뭐라구요?"

강산은 출발 전 동남경찰서 오형식 과장에게 전화를 해 놓았었다.

"하, 이거 산이라 핸드폰이 잘 안 터지는 모양인데?"

강산은 잠시 고민하다가 미나를 불러 세웠다.

"미나야, 여기서 잠깐 기다려. 난 밑에 주자장 가서 전화 좀 하고 올 테니까."

강산은 오 과장에게 사건 관련 자료를 얻기 위해 다시 주차장으로 내려갔다. 흉가에서 15분 정도면 닿을 거리였다.

"에이, 뭐야? 재미없게."

미나는 무료한 듯 흉가 앞을 서성이다 홀로 성큼성큼 흉가 안으로 들어갔다.

"어, 이게 무슨 냄새야? 뭐가 타고 있나?"

대문도 달려 있지 않은 흉가 앞마당에 들어선 미나는 툇마루 앞까지 가서야 냄새의 원인을 알 수 있었다. 누군가 귀신을 달래려고 그랬는지 여러 개의 향과 양초를 툇마루에 피워 놓은 상태였다. 향은 다 타서 꽁지 부분만 남고 어른 팔뚝만 한 양초는 검은 연기를 뿜어내며 계속 타고 있었다.

"이상하네? 양초 냄새 말고 뭔가 다른 냄새가 나는 것 같은데…"

미나는 코를 킁킁거리며 귀신이 가장 많이 나온다는 흉가 안방을 확인하기 위해 마루에 올랐다. 그녀는 숨을 죽인 채 조심스레 안방 문을 열었다.

"에이, 뭐야? 아무것도 없네. 다 거짓말이었나?"

미나가 너저분한 방을 한 바퀴 돌아보고 밖으로 나오려는 순간, 그녀의 시야 끝에 휘익 무언가가 스쳐 지났다.

"어, 뭐야?"

미나는 깜짝 놀라 어둠에 싸인 방 안쪽을 다시 돌아봤다. 그 순간 그녀가 마주한 안방 벽에서 시커먼 형체가 불쑥 튀어나왔다.

"꺄아아악!"

혼비백산한 미나는 반쯤 눈이 풀린 상태로 밖으로 뛰쳐나왔다.

●

주차장에서 오형식 과장과 통화를 한 강산은 삼초흉가 관련 사건 자료를 받기로 하고 다시 흉가 쪽으로 올라가고 있었다. 그런데 저 앞에서 익숙한 목소리가 들려왔다. 그것도 비명이었다.

"으아아아악!"

"어? 이건 미나 목소리잖아?"

강산은 미나에게 무슨 일이 일어난 게 틀림없다고 생각하고 소리가 나는 흉가 쪽으로 다급히 달려갔다. 몇 초 되지 않아 흉가 방향에서 미나가 뛰어 내려오는 게 보였다.

"으으으아아악!"

머리가 헝클어진 채 괴성을 지르며 달려오는 미나는 제정신이 아닌 것 같았다. 강산도 못 알아보고 지나치려는 미나의 팔을 강산이 잡아챘다.

"흐어어어억!"

미나는 뭔가에 단단히 놀란 듯 강산에게 잡힌 팔을 뿌리치며 꽥꽥 소리를 질러댔다.

"미나야, 정신 차려! 나 안강산이야. 대체 무슨 일이야?"

그제야 강산을 알아본 미나가 숨을 토해내며 입을 열었다.

"타, 탐정님… 저, 저기…."

하지만 말이 제대로 나오지 않는 듯 손가락으로 흉가 쪽을 가리킬 뿐이었다.

●

강산은 주자장 근처 찻집으로 미나를 데려갔다. 따뜻한 국화차를 마시고 가까스로 진정한 미나는 믿을 수 없는 이야기를 강산에게 들려주었다.

"헛것을 본 거 아니고?"

강산이 의심의 눈초리로 묻자 미나가 펄쩍 뛰었다.

"아니에요. 정말 제 두 눈으로 봤다니까요. 거대한 입을 가진 아귀가 벽에서 튀어나오는걸요!"

"아귀라…. 닥치는 대로 먹어 치운다는 그 귀신 말이지?"

"맞아요!"

강산은 미나의 눈을 유심히 들여다보았다.

'거짓말을 하는 것 같진 않고 정신도 멀쩡해 보이는데…. 왜 평소보다 눈이 탁해 보이지?'

강산은 뭔가 더 물어볼 듯 입을 열었다가 그냥 닫아버렸다.

●

놀란 미나를 일찍 퇴근시키고 홀로 사무실로 복귀한 강산은 오형식 과장이 보내온 삼초흉가 관련 사건 자료를 훑어봤다.

"피해자 요조보살의 목에 식도가…. 사인은 과다 출혈이고…. 범행 도구는 피해자가 가져간 것으로 확인, 지문도 피해자 것 뿐이었다…. 그래서 스스로 생을 마감했다는 결론이고…. 하아, 쉽게 동의할 수 없는 결론인데? 식도의 각도가 너무 어색해. 게다가 굳이 흉가까지 가서 그런 선택을 했다는 것도 납득하기 힘들고."

강산은 현장 사진 몇 장을 더 들여다보다 고개를 내저었다.

"이건 분명히 타살이다!"

●

다음 날 강산은 해커 태상을 사무실로 불러 본격적으로 삼초흉가에 대한 자료를 모으기 시작했다.

"호오, 이거 흥미로운 걸?"

강산은 태상이 넘겨주는 자료를 훑으며 자신도 모르게 탄성을 질렀다.

"무슨 일인데요, 탐정님?"

옆에서 일을 돕던 미나가 강산에게 물었다.

"삼초흉가가 예전부터 흉가로 이름 나 있긴 했는데 최근 세 달 동안 유독 일이 많았어. 왜일까?"

미나는 어제의 일이 떠오르는 듯 몸서리를 치며 목소리를 낮춰 말했다.

"점점 사악한 기운이 강해져서 그런 거 아닐까요?"

"글쎄, 그 기운이란 게 이렇게 갑자기 강해지기도 하나?"

강산은 아무래도 흉가에서 귀신을 목격한 사람들을 만나 봐야겠다고 생각했다.

●

강산은 태상에게 사무실을 맡긴 채 미나와 함께 최근에 흉가를 다녀온 사람들을 탐문하러 나섰다. 처음 그들이 만난 귀신 목격자는 서우동에 사는 중년 남자였는데 산행 중 우연히 삼초흉가에 들어갔다가 다리에 부상 입은 김영필이라는 사람이었다. 강산은 그가 운영하는 서우동의 한 동네 서점으로 찾아갔다.

"서점은 중학교 때 이후로 처음 와봐요."

미나가 신기한 듯 서점을 구경하는 동안 강산은 김영필과 대화를 나누었다. 김영필은 키가 크고 무던한 얼굴을 가진 사람이었다.

"아, 그 흉가 때문에 오셨군요? 그 일 때문이라면 탐정님이 아니라 무당이나 신부님이 찾아오셔야 하는 거 아닌가?"

그는 어리둥절한 표정으로 강산을 쳐다보고는 자신이 겪은 일을 이야기하기 시작했다.

"그러니까 제가 그 흉가에 간 건 두 달 전쯤이었어요. 겨울이라 아직 산에 눈이 남아 있을 때였죠. 친구랑 같이 갔는데 그 녀석이 워낙 산을 좋아해서 저를 데리고 간 거였어요. 맨날 서점에만 갇혀 산다고…. 저도 간만에 콧바람이나 쐬자 싶어서 군소리 없이 따라갔죠. 그런데 산을 내려오는 길에 우연히 그 흉가 근처를 지나게 되었어요. 친구는 그쪽에 흉가가 있는 걸 알고 다른 길로 돌아가자고 했는데 저는 그때까지만 해도 귀신 같은 걸 전혀 안 믿었으니까 일부러 흉가 앞까지 가봤죠. 제가 워낙 호기심이 강한 편이거든요. 그런데 흉가 마당에서 이상한 냄새가 나는가 싶더니 그만 그것을 보고 말았어요."

잠시 멈칫하는 김영필을 강산이 재촉했다.

"그것이라면, 귀신을 말하는 건가요?"

"네, 어려서 시골 할머니한테 듣던 바로 그 몽달귀신이었어요. 한복 같은 걸 입고 머리는 산발을 한 채 피를 뚝뚝 흘리는데…. 으으으."

김영필은 다시 생각해도 소름이 끼치는지 몸을 부르르 떨었다.

"그래서 도망쳐 나오다가 다리를 다치신 거군요? 왼쪽 다리를!"

"아, 네. 맞습니다. 근데 그걸 어떻게…?"

김영필은 신기한 듯 강산을 바라봤다.

"계속 오른손으로 서가의 책을 짚고 서 계셔서 그럴 거라고 생각했습니다. 깁스를 하셨다가 푼 지 얼마 안 된 것 같군요. 그래서 왼발에 아직 부담이 있는 거구요."

"맞습니다. 이렇게 사고까지 겪고 나니까 귀신의 존재를 완전히 믿게 되더군요. 정말 결혼 못 하고 죽은 몽달귀신이 있을 줄이야…. 옛날에 그 집에 살던 사람이 가족들을 모두 황천길로 보냈다는 소문이 있던데 아무래도 제가 본 귀신이 장가 못 가고 죽은 아들 중

하나겠죠?"

김영필은 자신이 본 것을 정말 믿는 눈치였다.

"어머, 전 아귀를 봤는데 사장님은 몽달귀신을 보셨네요?"

책 구경에 정신이 팔려 있던 미나가 어느새 강산 옆으로 와서 끼어들었다.

"아, 그러시구나…. 제가 듣기로는 사람들이 목격한 귀신이 다 다르다고 하던데요?"

김영필의 말에 강산은 고개를 갸웃했다.

"한 곳에 각기 다른 귀신이라…. 아무튼 말씀 잘 들었습니다."

강산은 심리 관련 책 한 권을 골라 계산한 뒤 밖으로 나왔다.

"탐정님, 책도 읽으세요?"

미나의 말에 강산은 기가 막힌다는 듯 물었다.

"왜? 난 책도 안 읽을 사람으로 보이니?"

"아니요, 호호. 책 읽는 사람은 영 낯설어서…."

강산은 피식 웃고는 서둘러 자신의 SUV에 올랐다.

●

하루 종일 사람들을 만나고 사무실로 돌아온 강산은 미나, 태상과 함께 근처 중화요리 전문점에서 저녁 식사를 했다. 강산은 짜장면, 미나와 태상은 삼선볶음밥을 주문했다. 탕수육도 곁들였다.

"탐정님, 사람들 만난 건 어떻게 됐어요?"

태상이 볶음밥을 먹다가 불쑥 사건 이야기를 꺼냈다.

"응, 그거? 꽤 여러 사람을 만나봤는데, 아주 이상한 점을 발견했어."

"그게 뭔데요?"

그 질문에 대한 답은 강산 대신 미나가 했다.

"목격자들마다 본 귀신이 다 달라. 나는 아귀, 서우동 서점 사장님은 몽달귀신, 동남백화점 직원은 달걀귀신, 그리고 언진동에 사는 중학생은 애니메이션에 나오는 괴물을 봤다고 하더라고."

"무슨 귀신 집합소 같네? 그 흉가."

"그러니까 말이다. 아무래도 내일 백화하고 다시 한번 흉가에 가 봐야겠어."

강산도 수긍한다는 듯 고개를 끄덕이며 평소 친분이 있는 무당 백화를 언급했다. 그녀는 동남시에서 꽤나 유명한 무당이었다.

"어머, 백화 언니랑요?"

백화를 곧잘 따르는 미나가 반가운 듯 되물었다.

"응, 일단 미나하고 태상이는 내일 사무실 지키고…. 아, 탕수육 다 식겠다. 어서 먹자, 술도 한 잔씩 하고."

강산은 미나, 태상에게 소주를 따라주고는 혼자만의 생각에 잠겼다.

'사람에 따라 다른 귀신이 보인다? 뭔가 냄새가 나는데…'

강산은 이제 본격적으로 사건을 풀어나갈 때가 되었음을 깨달았다.

●

다음 날 오후, 강산은 무당 백화와 함께 다시 용화산 삼초흉가를 찾았다. 백화는 점심시간을 이용해 강산을 따라나섰다.

"백화야, 고맙다. 점심도 샌드위치로 때우고 이렇게 와줘서."

"에이, 우리 사이에 무슨 그런 말씀을."

백화는 싱긋 미소를 짓고는 앞장서서 걸어갔다. 흉가에 거의 다 다랐을 때 갑자기 강산이 백화를 멈춰 세웠다.

"잠깐만, 백화야!"

"왜요?"

강산이 코를 킁킁거렸다.

"뭔가 타는 냄새가 나는데? 아, 그러고 보니 귀신 목격자들이 모두 이 냄새를 맡았다고 했는데…"

강산은 주위를 두리번거렸다.

"안 되겠다, 백화야. 일단 이거 써."

강산은 미리 준비해 온 마스크를 백화에게 건넸다.

"어머, 마스크는 왜요?"

"진짜 귀신이 있다면 냄새와는 상관없겠지?"

"아, 네. 그렇긴 하죠…."

백화는 무슨 영문인지 몰랐지만, 강산에 대한 신뢰가 있었기에 그가 시키는 대로 했다. 마스크로 꼼꼼하게 코를 막은 두 사람은 드디어 흉가 마당으로 들어섰다.

"아, 이 양초 타는 냄새였네요?"

백화는 흉가 툇마루에 있는 대형 양초를 유심히 살폈다.

"왜? 뭐가 이상해?"

강산도 백화 옆으로 가서 같이 그 양초를 바라봤다.

"이건 누가 세팅해 놓은 거죠? 양초 크기로 봐서 적어도 어제 저녁에 새로 켜놓은 것 같은데…."

"그러게…."

"그리고 향도 일반적인 양초 향과는 다른데요?"

백화가 진지한 얼굴로 강산을 쳐다봤다. 강산은 고개를 끄덕였다.

"백화야, 일단 밖으로 나가자. 이 양초 향을 더 맡았다간 문제가 생길 수도 있겠어. 내 감이긴 하지만 아무래도 양초 향에 독성이 있는 것 같다."

강산의 우려대로 양초의 강렬한 냄새가 마스크 틈으로 조금씩 흘러 들어오고 있었다. 강산과 백화는 서둘러 흉가를 빠져나왔다. 산을 내려온 강산은 백화를 신당까지 태워다주면서 이야기를 나누었다.

"백화 너는 신당을 운영하니까 잘 알겠지? 저런 냄새를 풍기는 양초를 본 적이 있니?"

"아니요!"

백화는 단호했다.

"보통 우리가 쓰는 양초는 다 규격이 있고 특별한 향도 없어요. 제사 때 피우는 향이야 냄새가 좀 있지만 아까 그 냄새랑은 확연히 달라요. 제가 보기에, 흉가에 있던 양초는 누가 직접 만든 것 같은데요?"

"시중에서 판매되는 물건은 아니라는 거지?"

"누군가 특별한 목적을 가지고 제작한 것 같아요. 특별한 치성을 드리기 위해서라든가…. 하, 그렇더라도 양초에는 그다지 신경을 쓰지 않는데…."

강산은 뭔가를 깨달은 듯 눈을 가늘게 떴다.

"어떤 목적이나 의도가 있는 건 확실하네. 아, 그리고 흉가 안에서 기운은 좀 느꼈니? 거기서 귀신을 목격했다는 사람들이 꽤 많던데."

"후훗, 전혀요. 깨끗해요. 그냥 SNS에 뭔가 올리기 좋아하는 사람들이 만들어낸 가짜 흉가 같은데요? 사실 흉가에 가면 머리카락이 쭈뼛 서거나 몸이 부르르 떨리거나 몸이 먼저 반응하는데 여긴 그런 게 전혀 없어요. 그냥 버려진 집이에요."

"그렇구나. 동남시 최고 무당 백화가 그렇다면야 누구도 부정할 수 없겠지."

강산은 회심의 미소를 지었다.

●

백화를 신당에 내려준 강산은 사무실에 들러 미나를 태우고 다시 어딘가로 향했다.

"탐정님, 갑자기 어디 가시는 거예요?"

강산이 서두르는 통에 얼떨결에 동승한 미나가 궁금해하는 것은 당연했다.

"미나야, 지금부터 나랑 잠복이다."

"어디서요?"

"용화산 흉가!"

강산의 말에 미나가 펄쩍 뛰었다.

"그 삼초흉가요? 안 돼요, 절대! 거기 가면 아귀에게 잡아먹힌다구요!"

"후후, 걱정하지 마. 아귀도 몽달귀신도 없으니까."

"없긴요? 제가 이 두 눈으로 똑똑히 봤는데…. 탐정님은 그 아귀가 얼마나 무섭게 생긴지 몰라서 그래요!"

미나는 억울한 듯 목소리를 높였다.

"미나야, 좀 전에 나랑 백화가 흉가 다녀온 거 알지?"

"네…."

"백화가 확인해 줬어. 그 흉가에는 귀신이 없다고."

"정말이요?"

그러잖아도 동그란 미나의 눈이 더욱 동그래졌다.

"그럼, 제가 본 건 뭐예요?"

"그걸 확인하려고 지금 우리가 흉가로 가는 거란다, 후후."

강산은 미나에게 다정한 미소를 보이고는 용화산 쪽으로 차를 몰았다.

●

"탐정님, 흉가에서 떨어져 있어도 무서운데요?"

강산과 함께 근처 숲에 숨어서 흉가를 지켜보던 미나가 떨리는 목소리로 말했다.

"진실을 알고 나면 지금 네가 무서워했던 게 부끄러워질 거다."

"그런데 누가 진짜 오긴 오는 거예요?"

"당연하지. 오늘 밤 내로 분명히 올 거다. 흉가에 있는 양초가 오늘 밤 내로 다 타버릴 테니까."

강산은 백화와 흉가를 방문했을 때 양초가 타들어 가는 속도를 얼추 계산해 놓았다.

"내가 흉가에 머문 시간 동안 녹아내린 양초의 비율을 계산해 보면 말이야…. 아무튼 조금 있으면 누군가 온다!"

하지만 밤 10시가 넘어도 그 누군가는 나타나지 않았다. 슬슬 미나의 눈치가 보일 때쯤, 강산의 눈에 맞은편 숲을 가로지르는 한 여자의 모습이 들어왔다.

"어, 저기!"

강산과 미나는 숨소리조차 내지 않고 30대 초반으로 보이는 여자의 행동을 지켜봤다. 검은 망토를 걸치고 흉가 안으로 들어간 여자는 준비해 온 새 양초를 뒷마루에 올려놓고 막 불을 붙이던 참이었다.

"지금이다!"

타다닥, 번개같이 숲을 뛰어나간 강산은 순식간에 흉가 마당으로 진입했다. 미나도 뒤이어 들어갔다.

"잠깐! 지금 뭐 하는 거죠?"

예상치 못한 강산과 미나의 등장에 망토를 걸친 여자는 몹시 당황한 얼굴이었다.

"아니, 그게…."

강산은 그녀 앞으로 바짝 다가섰다. 여자의 눈에 두려움이 가득 들어차 있었다. 강산은 그녀가 자의로 한 일이 아니라는 걸 눈치챘다.

"누가 시킨 겁니까?"

강산의 예리한 질문에 그녀는 우물쭈물 어쩔 줄을 몰라 했다. 미나가 대뜸 나섰다.

"누가 시켜서 한 거면 지금 바로 털어놓으시는 게 좋을 겁니다. 이분은 동남시 최고의 탐정 안, 강, 산, 이라고요! 속일 생각은 하지 마세요. 이미 다 알고 왔으니까!"

미나의 자신만만한 말투는 제법 효과가 있었다.

"아, 그게…. 저는 그냥 돈을 준다고 해서…."

"돈? 누가요?"

강산이 그녀의 말을 잡아채 빠르게 되물었다.

"누군지는 몰라요. 인터넷에서 우연히…."

"그게 석 달 전이죠?"

강산의 질문에 망토를 쓴 여자 김미진은 흠칫 놀랐다.

"맞군요. 석 달 전…."

강산의 입가에 미묘한 미소가 피어올랐다.

양초 심부름을 한 김미진의 진술을 확보한 강산은 다음 날 일찍부터 태상과 함께 김미진을 사주한 범인 찾기에 착수했다. 태상이 인터넷을 뒤지는 동안 강산은 사무실을 서성이며 생각에 잠겼다.

'무당을 죽인 이유가 무엇일까? 요조보살에 대해서도 알아봐야 할 것 같은데…'

강산은 태상에게 일을 맡긴 채 홀로 백화신당을 찾아갔다. 그만큼 마음이 급했다. 백화는 막 오전 일을 마치고 점심을 먹으러 신당을 나서던 참이었다.

"어머, 연락도 없이, 여긴 웬일이세요?"

"백화야, 혹시 요조보살이라고 들어봤니?"

백화는 잠시 생각에 잠기더니 뭔가 떠오른 듯 얼굴이 밝아졌다.

"아, 예전에 들어봤어요. 봉진동 쪽에서 거짓 점을 봐주고 큰돈을 챙기는 가짜 무당이 있다고. 그게 요조보살이었던 것 같아요. 그런데 왜요? 그 사람도 연루되어 있어요?"

"응, 이번 사건 피해자가 그 요조보살이야."

백화의 눈이 매섭게 빛났다.

"결국 그렇게 됐군요. 요조보살이 엉뚱한 점을 쳐서 여러 집안 망가뜨린 걸로 아는데…. 혹시 그것 때문에?"

백화의 목소리가 높아졌다.

"쉬잇, 아직 확실치 않아. 태상이가 인터넷을 뒤지고 있으니까 곧 결과가 나오겠지."

"그렇군요…. 그런데 탐정님!"

백화가 갑자기 얼굴을 들이밀어 강산을 빤히 바라봤다.

"어, 요조보살에 대해 더 아는 게 있어?"

"아니, 그게 아니라…. 이 정도 일이면 전화로 하셔도 되는데 왜 신당까지 직접 오셨나 궁금해서요. 혹시 저 보고 싶어서 오셨어요?"

백화의 말에 강산의 얼굴이 살짝 붉어지는가 싶더니 이내 장난스럽게 바뀌었다.

"그럼, 좋아하지. 많이. 잘 알잖아? 우린 친구니까, 하하."

말을 마친 강산은 서둘러 돌아섰다.

"하여간 나만큼이나 자기 일에 미친 사람이야. 안강산…"

백화는 강산의 단단한 뒷모습을 오래도록 바라보았다.

●

사무실에 돌아온 강산은 태상에게 기쁜 소식을 들었다. 김미진에게 양초를 배달시킨 의뢰인의 정체가 밝혀진 것이었다.

"미호동에 사는 이윤석이란 사람이 가짜 신분증으로 구인 사이트에 등록하고 김미진을 돈으로 매수, 그 일을 시킨 것 같아요."

"그렇군. 혹시 그 사람이 인터넷으로 뭔가를 구입한 흔적은 없었어? 약물이라든가…."

강산의 질문에 태상이 깜짝 놀랐다.

"어떻게 아셨어요? 그것도 말씀드리려고 했는데. 이상한 약초하고 꽃 같은 걸 잔뜩 사들였어요."

"어디 보자…."

강산은 태상이 보여주는 자료 사진을 확인했다.

"이것들을 조합해서 양초를 만든 게 분명해. 이 약초와 꽃들은 하나같이 환각 작용을 일으키는 것들이거든."

"어머, 정말이요?"

간식을 사러 밖에 나갔던 미나가 어느새 강산 옆으로 다가와 물었다.

"응, 그래서 흉가에 갔던 사람들이 귀신을 목격한 거야. 각자 다른 귀신, 정확히 말하면 각자의 마음 깊은 곳에 자리 잡은 공포를 끄집어낸 거지. 미나 너는 그게 아귀였던 거고."

"하, 믿기 힘든데요? 분명히 제 눈앞에 생생히 있었는데…."

"환상이란 게 원래 그런 거야. 진짜 같으니까 빠져드는 거지."

강산은 미나가 사온 붕어빵 하나를 꺼내 입에 쏘옥 넣었다.

"붕어처럼 보이지만 붕어가 아닌 것처럼."

미나가 여전히 미심쩍은 얼굴로 강산에게 물었다.

"그럼, 범인은 왜 그런 짓까지 꾸며서 무당을 죽인 거예요?"

"글쎄, 짐작은 가지만 그건 좀 더 알아봐야겠지."

강산의 머릿속이 빠르게 돌아갔다.

●

강산은 태상, 미나와 함께 이윤석에 대한 자료, 특히 흉가에서 죽은 요조보살과의 관계를 파헤치기 위해 노력했다. 그러던 중 태상이 과거 이윤석의 주소지가 그 흉가로 되어 있었던 흔적을 찾아냈다.

"그 집에 살았었단 말이지?"

"어머, 그럼 그 소문이 진짜 아닐까요?"

"무슨 소문?"

자료를 들여다보던 강산의 눈이 미나에게로 향했다.

"그 흉가에 원래 홀어머니와 삼형제가 살았었는데 새 아빠가 들어오면서 가족들이 다 죽고 막내만 살아남았다는…."

"그래? 태상아, 이윤석 가족관계 좀 파악해 봐."

오래지 않아 태상이 이윤석의 가족관계를 확인했다.

"이런! 미나 말이 사실이네요? 가족이 모두 죽었어요. 그 새 아빠조차…."

15년 전 이윤석의 어머니와 형제들은 각각 화재와 의문의 타살, 실족사 등으로 생을 마감했고 새 아빠 유상규는 이곳저곳을 떠돌다 1년 전 지병으로 세상을 떴다. 당시 열세 살이었던 이윤석은 홀로 살아남아 보육원에 맡겨졌다. 강산이 이윤석의 가족사를 꼼꼼히 훑어보는 사이 태상이 또 다른 단서를 확보했다.

"탐정님, 양초 배달꾼 김미진이 요조보살과 통화한 기록을 찾았어요!"

"오, 그래? 어디?"

태상이 찾아낸 통신 기록에는 김미진이 요조보살에게 굿을 의뢰하는 내용이 담겨 있었다. 흉가에 갔다가 귀신에 들려 죽은 동생을 위해 밤 12시, 입에 식도를 물고 굿을 해주면 거액의 사례금을 주겠다는 내용이었다. 반드시 혼자 와야 한다는 조건도 붙어 있었다. 물론 김미진의 말은 거짓이었다. 그녀는 동생이 없었다. 강산은 이윤석의 사주를 받은 김미진이 요조보살을 흉가로 불러들인 것이라 판단했다.

"오케이, 됐어!"

강산은 회심의 미소를 지었다.

●

증거가 확보되었다고 판단한 강산은 이윤석이 근무하는 미호동의 한 학교로 찾아갔다. 그는 고등학교에서 과학을 가르치고 있었다.

"이 선생님?"

강산은 퇴근 시간에 맞춰 이윤석을 만났다.

"누구…시죠?"

이윤석은 옆을 지나쳐 가는 동료 교사들의 눈치를 살피며 조심스럽게 물었다.

"여기는 불편하실 테니 조용한 곳으로 자리를 옮길까요?"

"누구냐니까?"

이윤석이 갑자기 소리를 질렀다.

"이제 본색을 드러내는 건가요? 이윤석 씨!"

"본색이라니? 당신이 누군지나 밝히라고!"

이윤석은 이미 주위 사람들의 시선은 잊은 듯했다.

"저는 탐정 안강산이라고 합니다. 요조보살을 죽인 범인을 추적하다 이윤석 씨가 깊은 연관이 있는 것 같아서 이렇게 찾아왔습니다."

"난 또 뭐라고…. 난 그 흉가 근처에 간 적도 없습니다!"

"오호, 그래요?"

강산은 피식 웃었다.

"그런데 요조보살이 흉가에서 죽은 건 어떻게 아셨죠? 저는 흉가라는 말은 안 했는데요?"

"흥, 나도 TV는 봅니다. 무당이 흉가에서 죽었다는 것 정도는 안다구요."

"그렇군요. 그런데 이거 어쩌죠? 증거가 있는데. 이 사진 한 번 보시죠."

강산은 CCTV에서 캡처한 사진 한 장을 내밀었다.

"용화산 입구 CCTV에 찍힌 모습입니다. 모자도 눌러쓰고 마스크도 썼지만, 이윤석 씨가 맞더군요. 영상 분석관에게 의뢰해서 얻은 결과니, 법적 효력이 있을 겁니다. 이래도 그 흉가에 간 걸 부인하시겠습니까?"

"그러고 보니 한 번 갔던 것도 같네요. 인터넷에 하도 떠들썩해서 궁금해서…."

"오, 그래요? 그럼, 인터넷에서 약초와 꽃은 왜 구입했죠? 그리고 양초 만드는 법은 왜 검색했습니까?"

"아, 그거야…."

이윤석은 대답할 말을 찾지 못해 궁지에 몰렸다.

"지금쯤 동남서 경찰들이 당신 집을 수색 중일 겁니다. 아마도 당신이 만든 양초와 그 재료들이 나오겠죠. 그뿐만 아니라 당신이 하수인으로 쓴 김미진의 증언도 확보해 놓은 상태입니다. 이래도 범행을 부인하시겠습니까?"

강산이 강하게 밀어붙이자, 그가 이전과는 다른 무서운 얼굴로 말했다.

"그 무당은 죽어 마땅해. 내가 아니었어도 누군가는 죽였을 거라고!"

말을 마친 이윤석은 두 손으로 얼굴을 감싸 쥐었다. 잠시 침묵의 시간이 흐르고 그가 다시 입을 열었다.

"그 무당이 우리 어머니한테 가족이 무사하려면 새 남편을 들여야 한다고 해서 유상규 그 인간이 우리 집 가장으로 들어왔어. 그런데 무당의 말과 달리 그날 이후 우리 집은 지옥으로 변했어. 어머니도 죽고 형들도 다 죽어…. 경찰은 전부 사고사로 처리했지만 난 알고 있었어. 그 악마 같은 인간이 보험금을 노리고 우리 집에 들어와 가족 모두를 죽였다는 것을! 경찰까지 매수했다고! 알아? 유상규뿐만 아니라 그 경찰까지 전부 내가 지옥으로 보냈어야 했는데…. 그러지 못한 게 한이라고!"

이윤석의 눈에 핏발이 섰다.

"그렇군요. 당신은 유상규를 죽이고 싶었지만, 그가 지병으로 1년 전에 사망하자 무당에게 그 화를 돌린 거군요. 어떻게 해서든 당신 마음속의 화를 풀어내야 했으니까!"

"내 화를 풀려고? 웃기는 소리! 유상규가 우리 집에 들어온 건 우연이 아니었어. 유상규가 우리 어머니를 지켜보다가 그 무당에게 돈을 주고 거짓 점을 치게 했던 거라고. 어차피 그런 무당은 누군가 죽였어야 했어!"

"그 누군가가 꼭 당신이어야 할 이유는 없습니다. 괴롭고 힘들어도 자신의 삶을 지켰어야죠. 이윤석 씨!"

이윤석의 눈에서 주르륵 눈물이 흘러내렸다.

"당신은 당해보지 않아서 몰라. 가족을 모두 잃는 슬픔이 어떤지…. 오장육부가 다 찢겨 나가는 것 같다고…. 십오 년이 지난 지금까지도, 흐으윽…."

강산은 무너지듯 쓰러지는 이윤석의 모습을 말없이 지켜보다 핸드폰을 들었다.

"오 과장님, 강산입니다. 지금 미호동 이윤석 자택에 형사들 급파해 주십시오. 자백은 지금 막 받았습니다. 네."

앞서 경찰이 이윤석의 집을 수색하고 있다는 말은 강산이 그를 압박하기 위한 거짓말이었다.

●

사건이 종료되고 강산은 미나, 태상과 함께 파전집에서 막걸리를 마셨다.

"오늘 비도 오고 막걸리 마시기 딱 좋은 날인데요? 탐정님."

미나가 막걸리 한 사발을 단번에 들이켜고 개운한 표정으로 말했다.

"그러게. 비 오는 날 파전에 막걸리, 오랜만이다. 그런데 왠지 마음은 편치가 않네."

"왜요, 탐정님?"

막걸리 잔을 빙빙 돌리던 태상이 강산에게 물었다.

"음, 이번에 잡힌 이윤석이 말이야. 한편으론 안 됐다는 생각이 들어."

"그러게요. 하지만 사람을 죽였으니⋯. 이윤석 집에서 범행에 사용했던 장갑이 나왔다면서요?"

"응. 거기서 요조보살의 혈흔도 나왔고. 이윤석 딴에는 아주 치밀하게 범죄를 계획했던 것 같던데. 양초로 사람들을 현혹한 뒤 이슈에 민감한 요조보살이 제 발로 흉가에 찾아올 때까지 기다리고 있었던 거야. 꽤나 긴 시간 동안. 그런데 좀처럼 요조보살이 안 움직이자, 양초 배달꾼 김미진을 시켜 요조보살을 삼초흉가로 끌어들였어. 그리고 요조보살이 환각 상태에 빠져든 순간 그녀를 죽이고 자살로 위장한 거지. 나름 한을 푼 건가?"

미나가 강산의 말에 동조한다는 듯 고개를 끄덕였다.

"그러게요. 가족을 불행으로 몰아넣은 유상규는 이미 죽어 없고 무당한테라도 한을 푼 거겠죠. 물론 그런 잔혹한 인간인 줄 모르고 거짓 점을 쳐준 거겠지만 저 같아도 답답했을 것 같아요. 무당의 죄를 법에 묻기도 그렇고…. 법적으로는 죄가 없잖아요?"

"하아, 어려운 문제다…."

강산은 크게 한숨을 내쉬었다. 분위기가 너무 가라앉았다고 생각했는지 웬일로 태상이 막걸리 잔을 번쩍 들었다.

"에이, 이렇게 다운돼 있으면 안강산팀이 아니죠. 어찌 됐든 사건이 잘 해결되었으니 기쁜 일 아닌가요? 사람을 죽인 범인을 경찰에게 넘겼잖아요? 헤헤."

"태상 오빠 말이 맞네요. 탐정님, 단순하게 생각해요. 네?"

"그런가? 하하. 그래, 내가 주책이었다. 고생한 너희들과 한잔하려고 마련한 자린데."

세 사람이 잔을 들고 건배를 하려는데, 갑자기 천장 형광등이 '탁' 하고 나갔다.

"아이고, 전등이 나갔나 보네. 죄송합니다. 금세 갈아드리겠습니다."

파전집 주인아저씨가 다급히 테이블에 양초를 켜주고 전구를 사러 밖으로 나갔다. 미나가 갑자기 굳은 얼굴로 강산을 쳐다봤다.

"탐정님, 그런데 말이에요."

"응, 건배하다 말고 왜?"

"이윤석은 왜 요조보살을 죽인 후에도 계속 김미진을 시켜서 흉가에 양초를 켜놓은 걸까요?"

강산은 다시 한숨을 내쉬었다.

"아마도 유상규에게 돈을 받고 도움을 주었던 경찰이 있었던 것 같다. 그 부분은 동남서에서 해결할 거라고 믿는다."

"아, 그런 거였구나…."

미나는 화가 나는지 눈을 부릅떴다가 풀고는 술잔을 들었다.

"어쨌든 사건은 마무리된 거네요. 자, 그럼 지금부터 달려 볼까요? 우리 이 집 메뉴판에 있는 파전, 김치전, 부추전, 감자전, 모듬전까지 몽땅 다 주문하고 막걸리도 종류별로 마셔봐요. 어때요?"

미나의 말에 태상이 겁에 질린 얼굴로 그녀를 보았다.

"미나야, 너 혹시 그 흉가에서 진짜 아귀한테 쓰여 온 거 아냐? 탐정님, 그런 것 같지 않아요?"

"걱정 마, 태상아. 진짜 아귀가 나타난다 해도 미나의 기세에 눌려 도망갈 테니까, 하하."

"흥, 두 분 긴장하세요. 제가 오늘 두 사람 마음속에 있는 공포가 뭔지 다 털어놓게 만들 테니까요, 호호. 그럼 시작해 볼까요? 자, 완샷!"

미나와 태상 덕분에 한결 기분이 좋아진 강산의 귀에 밖의 빗소리가 꽤나 운치 있게 들려오기 시작했다.

유령 저택 살인사건 /

저택 루프탑에는 찬바람이 휘몰아치고 있었다. 누군가를 기다리는 듯 정연은 루프탑 난간에 서서 깜깜한 저택 마당을 내려다보고 있었다.

"왜 안 올라오지?"

정연이 포기한 듯 아래로 향하는 계단 쪽으로 걸어가는데, 그녀의 뒤로 검은 그림자가 드리우는가 싶더니 순식간에 그림자가 정연을 덮쳤다. 그림자의 손아귀에 목을 잡힌 그녀는 온 힘을 다해 버티려고 했으나 난간 끝까지 밀리고 말았다.

"당신…. 누구야…?"

갈라진 정연의 목소리가 공기 중으로 흩어져 나왔지만, 검은 그림자는 정연의 목을 쥔 손에 더욱 힘을 줄 뿐이었다. 정연은 점점 의식을 잃어갔고 이내 루프탑 아래 마당으로 떨어졌다. 난간은 너무도 쉽게 부서졌다.

"으아악!"

그녀의 비명이 메아리처럼 저택을 맴돌았지만, 사람이 살지 않는 유령 저택을 밤에 찾는 방문객은 아무도 없었다.

●

강산은 탐정사무소 창가에 서서 밖을 내다보고 있었다.

'사람들 옷차림이 가벼워진 걸 보니 봄이 가까운 모양이구나.'

강산이 커피라도 한잔 마시려고 돌아서는데 사무실 문이 덜컹 소리를 내며 열렸다. 강산의 시선이 사무실로 들어오는 남자에게 쏠렸다.

'오전에 전화했던 의뢰인인가 보네. 이름이 조영우라고 했던가?'

탐정사무소 직원 미나가 빠르게 자리에서 일어나 손님을 소파로 안내했다. 강산은 천천히 소파로 이동하며 상대의 모습을 살폈다.

'중후한 스타일의 중년 남자구나. 멋진 양복에 이목구비가 뚜렷하고 걷는 자세나 자리에 앉는 모습도 품격이 있다. 요즘 보기 힘든 스타일인데…'

강산은 속생각을 접고 의뢰인과 소파에 마주 앉았다.

"오전에 전화하셨죠? 제가 탐정 안강산입니다."

강산이 간단히 자신을 소개하자 의뢰인 조영우는 잠시 강산의 눈을 응시하다 중저음의 목소리로 말했다.

"아침에 전화 드렸다시피 제 와이프가 한밤중에 변두리 저택 루프탑에서 떨어져 죽었습니다. 경찰은 실족사라고 쉽게 결론지었지만 저는 도저히 납득이 되지 않습니다."

강산은 옅은 숨을 내뱉은 후 질문을 던졌다.

"왜 실족사가 아니라고 생각하시는 거죠?"

"일단 목 쪽에 압박흔이 있습니다. 하지만 경찰은 그 부분을 크게 생각하지 않는 것 같더군요. 지문도 안 나왔구요. 그리고 결정적으로, 제 와이프가 그런 이상한 저택에 갈 리가 없습니다."

"이상한 저택이라면…?"

강산의 눈이 호기심으로 빛났다.

"아, 사고 현장이 이화마을에 있는 저택인데 유령이 출몰하는 곳으로 유명한 곳입니다. 웃긴 건 그 저택에 구경꾼들이 많이 드나들다 보니 근처에 커피숍이나 식당 같은 것들이 몰려 상권까지 형성되었다는 겁니다. 그런데 제 와이프는 그런 쪽에 전혀 관심이 없는 사람이거든요."

"흐음, 그렇군요."

강산도 예전에 들어본 적 있는 곳이었다. 그 유령 저택은 소위 심령 스팟이라 불리는 곳으로 텔레비전 예능프로에도 몇 번 나온 적이 있었다.

"그러니까 의뢰인 말씀은 그 유령 저택에 전혀 갈 이유가 없는 사람이 저택 루프탑에서 떨어졌고 죽음을 맞았다는 거네요?"

강산의 질문에 의뢰인은 확신에 찬 듯 눈을 부릅떴다.

"네, 이건 분명히 타살입니다. 제 와이프는 그렇게 어이없이 죽을 사람이 아닙니다!"

의뢰인 조영우의 눈에 핏발이 맺혔다.

"그 마음 충분히 이해합니다. 그런데 부인께서 평소에 원한을 사거나 누군가에게 돈을 빌리거나 또는 빌려주거나 하는 그런 일이 있었을까요?"

조영우는 세차게 고개를 저었다.

"전혀 없습니다. 취미로 기타를 배우고 요가학원에 다니는 그런 평범한 주부입니다. 돈이든 원한이든 그런 거에 엮일 사람이 절대 아닙니다."

조영우는 와이프의 죽음이 여전히 받아들여지지 않는 듯 강산을 바라보며 깊은 한숨을 내쉬었다.

"좋습니다. 일단 의뢰인 조사서 작성하시고 댁에 돌아가시면 중간중간 수사 과정을 알려드리겠습니다."

"네, 그렇게 하죠."

조영우는 힘없이 고개를 떨구며 대답했고 미나가 내준 의뢰인 조사서를 꼼꼼히 작성한 뒤 사무실을 나갔다.

●

의뢰인이 나가자 여전히 소파에 앉아 생각에 잠겨 있는 강산에게 미나가 쪼르르 달려왔다.

"탐정님, 저 그 저택 가봤는데!"

"어, 그래?"

강산이 혼자만의 생각에서 빠져나와 맞은편 소파에 앉는 미나에게 시선을 주었다.

"저는 거기서 유령을 보진 못했는데, 제 친구 중에는 그 저택에서 유령을 봤다는 애가 있어요."

"유령이라…."

평소 귀신이나 유령을 전혀 믿지 않는 강산은 심드렁한 표정이었다. 반면 미나는 신이 나서 계속 이야기했다.

"7, 80년대에 한 유명한 정치인 가족이 그 집에 살았는데 거기서 일가족이 모두 죽었다나 봐요."

"왜지?"

강산의 눈이 날카롭게 빛났다.

"소문이기는 한데 그 정치인이란 사람이 정신적으로 좀 문제가 있었던 것 같아요. 술 먹고 가족을 모두 죽인 뒤에 혼자 집을 헤매고 다니다 결국 본인도 2층 발코니에서 떨어져 죽었다고 하더라구요."

"2층 발코니? 특별한 경우가 아니면 2층에서 떨어져 죽기가 쉽지 않은데?"

강산이 의문을 표하자, 미나는 어깨를 으쓱해 보였다.

"뭐, 재수 없으면 그렇게도 죽을 수 있잖아요? 아무튼 그 뒤로 그 정치인 유령이 저택에 나타나곤 했대요. 그래서 집이 거의 버려지다시피 했는데 최근에 관광지화돼서 아까 의뢰인 말처럼 근처에 핫플레이스가 많이 생겼어요. 맛있는 디저트 가게까지 생겼다니까요."

"뭐든 돈으로 연결되는 세상이구나. 그게 무엇이든."

강산은 씁쓸한 얼굴로 자리에서 일어나 창가로 갔다. 어느새 밖은 어두워졌고 곧 비라도 내릴 듯 먹구름이 빠르게 움직였다.

'유령 나오는 저택이라…'

강산은 혼자 피식 웃고 말았다.

●

 본격적으로 수사를 시작한 강산은 먼저 동남경찰서 홍정화 형사에게 연락해 유령 저택 사망사건의 경찰 조사자료를 제공받았다. 홍정화는 강산이 경찰 재직 시절 후배로 강산과 서로 돕는 사이였다. 예상보다 빨리 보내준 경찰 자료를 사무실 소파에 앉아 쭈욱 훑어본 강산은 서둘러 밖으로 나갔다. 그는 자신의 에스유비 동승자석에 미나를 태우고 이화마을로 향했다. 하루 종일 흐리던 하늘에서는 비가 추적추적 내리고 있었다.

 "이런 날에는 파전에 막걸리, 이런 거 먹어줘야 하는데…."

 평소 먹는 걸 좋아하는 미나는 음식 이야기를 하며 침까지 꼴깍 삼켰다. 운전석의 강산은 전방에 시선을 고정한 채 씨익 웃었다.

 "그러게. 일단 저택 둘러보고 파전 먹으러 가자. 어차피 태상이도 불러야 하니까 연락 좀 해주고."

 "네, 탐정님!"

 미나가 힘차게 대답하고 태상에게 핸드폰 메시지를 보내는 사이, 강산의 에스유비는 저택 앞에 도착했다. 비 오는 저녁이라 그런지 다른 방문객은 없었고 저택 근처 상점들도 거의 문을 닫았다.

 "사람들한테 인기 많은 곳 맞아?"

 강산이 차에서 내려 주위를 휘이 둘러보며 말했다. 미나가 강산

옆으로 다가왔다.

"비 오는 저녁이기도 하고 얼마 전에 사람이 죽었잖아요? 아무리 유령 보고 싶어하는 사람이라도 최근에 사람 죽어 나간 장소는 꺼려 할 걸요?"

"역시 알기 힘든 게 사람들의 심리구나."

강산은 미나를 힐끗 보고는 앞서 걸어갔다. 저택 대문은 늘 개방되어 있는 듯 열려 있었다.

•

대문 안으로 들어서니 널찍한 잔디 마당이 나오고 장식으로 세워놓은 게 분명해 보이는 올드카가 정원 중앙에 세워져 있었다. 그 뒤로 19세기 유럽풍 건축양식을 현대에 맞게 재해석한 건축물이 있었는데 그것이 이번에 사건이 난 4층 저택이었다. 건물은 정원을 중심으로 디귿자 형태로 우뚝 서 있어서 중앙의 방들을 제외하고는 양쪽 방들이 서로 마주 보는 구조로 되어 있었다. 강산은 우산을 받쳐 들고 사건이 일어난 중앙 건물의 루프탑을 올려다봤다.

"옥상에 난간이 꽤 높게 설치되어 있는데 저기서 사람이 떨어져 죽었다고?"

"그래서 더더욱 사람들이 유령의 소행이라고 믿는 것 같아요."

강산은 미나를 쳐다봤다.

"설마 미나 너도 믿는 건 아니지?"

"저요?"

미나는 잠시 당황하는 듯하더니 배시시 웃었다.

"조금은 믿는 것 같기도 하고, 아닌 것 같기도 하고…."

강산은 어이없다는 듯 고개를 내저으며 저택 안으로 걸어갔다. 1층 로비에 들어서니 중년 남자가 문 옆 데스크 의자에 앉아 졸고 있었다.

"저택을 안내하는 분도 있는 건가?"

강산이 중얼거리듯 말하자 눈이 퀭하고 머리숱이 듬성듬성한 남자가 깜짝 놀라 눈을 떴다.

"저택 구경하러 오신 건가요?"

남자는 어색한 웃음을 지으며 자리에서 일어났다.

"네, 그런데 안내인이 있을 줄은 몰랐네요."

"하하, 여기가 얼마 안 있으면 입장료도 받을 거라서…. 나름 관광지가 된 거죠. 그래서 지금 보수공사도 진행 중이고…."

남자는 갑자기 활기차게 말하며 강산과 미나를 번갈아 봤다. 강산은 그의 시선을 부드럽게 받으며 질문했다.

"여기서 입장권을 팔고 수입을 올리겠다는 이야기로 들리는데 현재 이 집의 소유주는 누구인가요?"

"아, 소유주요…?"

남자는 살짝 미간을 찌푸리며 망설이다 강산이 자신의 신분을 밝히자 그제야 대답했다.

"박 사장님이란 분인데 원래 부동산 사업하시다 이 집 보고 마음에 들어서 사들인 모양이에요."

망설인 것에 비하면 꽤나 충분한 설명이어서 강산은 흡족했다.

"그렇군요."

강산은 남자의 안내로 집안 곳곳을 둘러봤다. 전체적으로 클래식한 느낌을 주는 집이었고 방이 12개, 욕실이 6개 있는 대저택이었다. 강산은 먼저 건물 중앙에서 오른쪽으로 꺾여 들어간 널찍한 2층 발코니로 안내되었다. 안내인이 설명하기도 전에 미나가 먼저 입을 열었다.

"어머, 저기가 그 유령이 나온다는 발코니네요?"

미나가 손가락으로 맞은편 발코니를 가리켰다. 강산이 미나의 손가락이 향하는 곳을 보니 큰 천으로 가려져 있었다. 안내인은 씨익 미소를 지으며 고개를 끄덕였다.

"맞습니다. 저기가 바로 피 흘리는 유령이 가끔 출몰하는 곳입니다. 하하."

"그런데 왜 천으로 가려놓은 거죠?"

강산이 묻자, 안내인이 입맛을 다시며 말했다.

"자꾸 저 발코니에 유령이 나타나서 박 사장님이 저렇게 해 놓으셨습니다. 아무래도 유령 때문에 불미스러운 사건이 일어나는 것 같아서 말이죠."

"그런데 사건은 루프탑에서 일어났잖아요?"

강산이 예리하게 묻자 안내인은 난감한 표정을 지었다.

"네. 아마도 그날은 유령이 루프탑에 나타난 모양이지요. 아무튼 그 사건 때문에 최근에는 여기를 보러 오는 사람들 수가 많이 줄었습니다. 유령을 보고 싶긴 하지만 최근에 죽은 유령은 안 보고 싶은 모양입니다. 하하."

안내인이 농담을 했지만, 강산은 받아줄 기분이 아니었다. 사람이 죽어 나갔는데 그것을 이익과 연결하고 농담의 재료로 삼는 것은 불쾌한 일이었다. 강산은 마주 보이는 발코니를 좀 더 살폈다.

'뭔가를 가리려는 목적인 것 같긴 한데 천으로 가린 걸 보면…. 설마 유령도 천으로 가려진다고 생각하는 건가?'

강산은 잠시 발코니를 노려본 뒤 안내인을 따라 건물 중앙으로 돌아가 4층으로 올라갔다.

"여기 계단을 쭈욱 올라가면 루프탑입니다."

그들은 계단 끝까지 올랐고 안내인이 루프탑으로 들어가는 철문을 열쇠로 열었다. 루프탑에 오르니 생각보다 세련되고 넓은 공간이 나왔다. 아직 공사가 안 끝나 조금 어수선한 느낌도 들었지만, 시선을 끄는 매력이 있었다.

"옥상에 테이블도 있고 좌석도 있군요. 스카이라운지 비슷한 걸 만들려고 하시는 것 같네요?"

강산이 안내인에게 한 질문을 미나가 받았다.

"그래서 요즘 루프탑이라고 하잖아요? 파티도 하고 술도 마시는 예쁜 옥상!"

"결국 같은 뜻 아니냐?"

강산은 짧게 내뱉고는 사건이 일어난 뒤쪽 난간으로 걸어갔다. 철제 난간은 성인 남자의 가슴 정도까지 올라오는 높이였지만 피해자가 떨어진 것으로 보이는 난간은 부서져 있었다.

"미나야, 피해자 키가 얼마랬지?"

"158cm요. 의뢰인 조사서에 그렇게 써 있었어요."

"그래, 그랬지…."

강산은 찬찬히 난간 아래로 보이는 자갈 바닥을 응시했다.

'키가 작은데도 불구하고 저 밑으로 떨어진 건 난간이 부서졌기 때문인 것 같은데….'

강산은 부서진 난간 옆의 다른 난간을 살폈다.

'부서지기 쉬운 재질이 아닌데….'

강산은 철제 난간을 손으로 탁탁 쳐보고 몸도 슬쩍 기대봤다.

'아니야, 쉽게 부서질 난간이 아니야!'

강산은 뒤에 멍하니 서 있는 안내인에게 시선을 돌렸다.

"저기, 여기 있는 난간 부서진 것 같은데 잘 이해가 안 되네요?"

"아, 아직 루프탑 공간은 공사가 안 끝났거든요. 더 들어올 테이블도 있고 디제잉 할 수 있는 박스도 안 들어왔고. 아무튼 거기 난간이 처음부터 좀 부실했어요. 그래서 고치려고 하던 참인데 일이 벌어지고 말았네요."

안내인은 착잡한 표정을 지어 보였다.

"그런데 피해자가 열쇠도 없이 어떻게 루프탑까지 올라왔을까요? 좀 전에 문을 열쇠로 여시던데…."

"글쎄요. 저도 그건 모르겠네요."

안내인은 난감한 듯 눈을 깜빡거렸다.

"그렇군요."

강산의 시선이 다시 건물 뒤쪽 자갈 마당으로 향했다.

'역시 타살인 건가? 타살이라고 해도 저택 내에 CCTV가 없어서 입증하기 힘들겠어.'

강산은 휙 고개를 돌려 안내인에게 시선을 보냈다.

"그런데 최초 시신 발견자가 누구죠?"

강산이 묻자, 안내인은 침울한 표정으로 자신을 가리켰다.

"접니다. 제가 오전 9시에 출근해서 저택 문을 여는데 저기 건물 뒤쪽 자갈 바닥에 사람이 떨어져 있었어요. 저택 앞쪽은 잔디인데 뒤쪽은 모두 자갈을 깔아 놓았거든요."

"경찰 말로는 밤에 피해자 나정연 씨가 혼자 이곳에 왔다가 사고를 당했다는데 그게 가능합니까?"

강산의 말에 안내인은 헛기침을 한번 하고는 대답했다.

"그게…. 여기가 아직 제대로 관리되는 집이 아니라서 가능하긴 합니다. 저택으로 들어오는 첫 번째 관문인 철문하고 루프탑은 제가 밤 10시에 잠그고 퇴근하지만, 나머지는 다 열려 있습니다. 굳이 들어오려면 저택 뒷문으로 들어올 수도 있고 실내로 들어갈 수도 있죠. 루프탑 외에는 누가 훔쳐 갈 만한 물건이 없어서 그렇게 관리했고 지금까지 아무 탈 없었는데…. 이번에 그렇게 되어버렸네요."

"아무나 들어올 수 있다?"

강산은 큰 단서를 얻은 것처럼 눈을 반짝였다.

●

저택을 다 둘러본 강산은 태상을 단골 파전집으로 불러 같이 저녁을 먹었다. 미나도 함께였다.

"그 저택 알아요. 저도 여자친구 생기면 한번 가보려고 했는데…."

강산의 설명을 다 들은 태상이 아쉬운 듯 말했다.

"어머, 여자친구는 왜?"

파전과 막걸리에 정신이 팔려 있던 미나가 이해가 안 간다는 듯 물었다.

"공포를 느끼면 서로 가까워지잖아? 놀이동산 가면 친해지는 거랑 비슷하다고 봐야지."

태상은 마치 연애 전문가라도 되는 듯 으쓱했다.

"그래, 일리 있는 말이다. 사람은 공동의 위협이 생기면 서로 협력하게 되어 있으니까. 아무튼 태상이는 이번에 죽은 피해자 나정연 주변을 살펴주길 바란다. 의뢰인이 피해자 핸드폰까지 내줄 수 있다고 하니까 그렇게 어려운 일은 아닐 거야."

"그래요? 그럼 좀 낫죠."

태상은 기분이 좋은 듯 도톰하게 잘린 파전을 입에 넣다가 갑자기 의아한 눈으로 강산을 바라봤다.

"탐정님, 막걸리 안 드세요?"

"아, 내가 차를 가져왔거든."

"에이, 그래도 비 오는데…. 그냥 드세요. 운전은 제가 해드릴게요."

강산은 반가운 듯 씨익 웃었다.

"그래? 그럼 딱 한 잔만 마셔볼까?"

강산의 말이 끝나기도 전에 미나가 강산의 잔에 막걸리를 따랐다. 강산은 시원하게 한잔 들이켰다.

"아, 좋구나."

"더 드실래요?"

미나가 묻자, 강산은 고개를 저었다

"아니, 내일부터 바쁘니까 미나 너도 이거 한 병으로 마무리해라."

"그럼요. 2차는 각자 집에서!"

강산은 못 말리겠다는 듯 고개를 휘휘 내저었다.

●

다음 날 강산은 태상에게는 나정연 주변인을, 미나에게는 유령 저택과 관련된 온라인 동호회나 카페를 찾아보라고 지시한 뒤 자신은 저택 소유주 박석민을 만나러 동남백화점 내에 있는 커피숍으로 향했다. 박석민이 제안한 장소였다.

"아이고, 여기까지 오시라고 해서 죄송합니다. 제가 선약이 좀 있었거든요."

돈은 많은지 몰라도 고생한 티가 역력한 박석민의 얼굴에 웃음기가 어렸다. 강산은 그가 옆 의자에 올려놓은 쇼핑백들을 슬쩍 쳐다봤다.

"사모님 선물 사셨나 보네요?"

"아, 아니요…. 제가 사업하느라 나이만 먹었지 아직 미혼입니다.

여자친구 선물이에요."

박석민은 또다시 헤벌쭉 웃었다. 인상은 사업하는 사람답게 매서운 구석이 있는데 이렇듯 해맑게 웃는 걸 보니 새로 사귄 여자친구임이 틀림없었다.

"오, 그러시군요. 부럽습니다, 하하. 저도 싱글이라."

"아, 그래요?"

박석민은 갑자기 핸드폰을 꺼내 여자친구 사진을 보여주었다.

"이 사람이 제 여자친구입니다. 탐정님도 희망을 가지세요. 기적처럼 저에게 다가온 여자였거든요. 탐정님한테도 기적이 일어날 수 있습니다."

"기적이요?"

강산은 박석민을 스윽 쳐다보고는 그가 내민 핸드폰 화면을 들여다봤다

'꽤나 미인이구만. 인물이랄 게 없는 박석민에게는 과분해 보이기까지 하는군. 역시 남자는 돈인가?'

강산은 속생각을 지우고 본격적으로 사건에 대한 질문을 던졌다.

"그런데 그 저택은 왜 소유하게 되신 건가요?"

"아, 저택이요…."

저택 이야기를 꺼내자, 박석민의 얼굴이 어두워졌다.

"저는 가치 없는 부동산을 사들여서 가치 있게 만들어 되파는

부동산업자입니다. 그런데 욕심이 좀 생겨서 유령 저택을 사들인 겁니다. 그 저택을 관광지화할 계획이었거든요. 외국의 경우 유령 나오는 저택의 인기가 꽤나 좋거든요."

"그렇군요. 꾸준히 돈이 들어오는 곳을 만들려고 하신 거네요?"

"그렇죠. 그런데 이렇게 불미스러운 사건이 일어났으니…. 그렇다고 접을 수도 없고…."

박석민은 꺼질 듯 한숨을 내쉬었다.

"그런데 실례되는 질문인지 모르겠지만 저택은 왜 허술하게 관리하셨을까요?"

박석민은 바로 대답하지 않고 주위로 시선을 돌리며 커피를 홀짝였다. 강산은 그가 입을 열 때까지 참고 기다렸다. 박석민은 어쩔 수 없다는 듯 입을 뗐다.

"그게, 제 여자친구 아이디어이기도 한데요…. 문단속을 안 하면 인플루언서들이 밤에 찾아와서 저택도 찍고 안에 들어가서 유령도 찍을 거라는 생각이었습니다. 그래서 몇 달 전부터 지금처럼 개방형으로 운영하고 있었습니다."

"아, 바이럴 마케팅을 의도하신 거네요?"

"그런 셈이죠. 그런데 결국…. 다 망하게 생겼습니다."

박석민이 망연한 표정으로 고개를 떨구는데 그의 핸드폰이 요란하게 울렸다.

"아, 잠시만요. 여자친구한테 전화가 왔네요."

박석민은 신이 나서 자리를 떠났고 강산은 그의 뒷모습을 유심히 살폈다.

"여자친구 처음 사귀는 사람같구만, 후후."

●

박석민을 만나고 사무실로 돌아온 강산은 태상, 미나에게 보고를 받았다.

"아직까지 피해자 나정연 주변인 중에는 의심 가는 사람이 없어요."

태상의 보고에 이어 미나가 눈을 반짝이며 말했다.

"저는 탐정님 말씀하신 대로 온라인 모임을 찾아봤는데요. 그 저택에서 실제로 유령을 봤다는 사람들이 있어요. 그중에는 피해자 나정연 씨처럼 놀라서 사고를 당한 사람도 있었구요."

강산의 이마에 살짝 주름이 잡혔다.

"사고를 당했다고?"

"네, 그런데 그분이 유령을 목격한 장소는 2층 발코니여서 아래로 떨어지긴 했지만 생명에는 지장이 없었던 것 같아요. 다리를 좀 다치기는 했지만."

"그렇구나. 일단 그 사람부터 만나봐야겠구나."

점심식사 후 강산은 미나와 함께 유령을 봤다는 목격자를 만나러 갔다.

●

유령을 보고 발코니에서 떨어져 부상을 입었다는 지영화를 만난 곳은 그녀의 집이었다. 그녀는 마당이 있는 제법 큰 주택에 혼자 살고 있었다.

"죄송해요. 제가 집 밖에 나가는 걸 별로 안 좋아해서."

강산과 미나는 지영화의 집 거실 소파에 앉아 그녀가 내준 홍차를 마시며 대화를 나누었다. 그녀는 조용조용 이야기하는 스타일이었지만 좀처럼 말을 멈추지 않는 수다쟁이였다.

"부모님이 일찍 돌아가셔서 저 혼자 여기 살고 있거든요. 그래서 너무 외롭고 해서 들어간 곳이 공포 동호회였어요. 저희 집에서 모임도 열곤 하는데…. 아무튼, 두 분 제가 그날 본 걸 알고 싶어서 오신 거니까 그 얘기를 해야겠네요."

강산은 해골이 그려진 검은 원피스를 입고 쉴 새 없이 떠드는 지영화를 신기한 듯 바라보며 묵묵히 그녀의 말을 들었다.

"지난가을이었어요. 동호회 친구 하나가 요즘 핫한 심령 스팟이 있다고 해서 따라간 곳이 유령 저택이었어요. 저는 그냥 다른 심령 스팟처럼 유령은 못 보고 사람들만 잔뜩 보고 올 줄 알았거든요. 그런데 그날은 정말 유령이 나타난 거예요. 대박!"

지영화의 게슴츠레하던 눈이 갑자기 커졌다.

"그 유령을 본 위치가 정확히 어디였나요?"

강산은 간략하게 그려온 유령 저택 지도를 지영화에게 내밀었다. 지영화는 감탄스럽다는 듯 강산을 쳐다봤다.

"역시 탐정님이라 디테일이 좋으시구나. 멋지시다."

강산은 지영화의 찬사에 반응하지 않고 뚫어지게 그녀를 응시했다. 어서 말을 하라는 무언의 압박이었다. 그게 먹혔는지 지영화는 서백 지도를 손으로 짚어가며 설명을 시작했다.

"제가 여기 중앙 건물에서 꺾여진, 그러니까 디귿자 건물 끄트머리에 있는 2층 발코니에 서 있었거든요. 그런데 맞은편 발코니에 갑자기 거꾸로 매달려서 피를 흘리는 유령이 나타난 거예요!"

"어머!"

미나가 저도 모르게 감탄사를 내뱉자, 지영화는 흥이 나는지 눈에 힘이 들어갔다.

"처음에 저는 그게 뭔지도 몰랐어요. 어, 저게 뭐지? 하다가 고개를 약간 기울여서 보니까. 피를 흘리는 유령이더라구요."

"그런데 발코니에서는 왜 떨어지셨죠?"

강산이 여전히 무덤덤한 표정으로 물었다.

"글쎄 그게 저한테 손짓을 하더라구요. 그래서 홀렸다기보다는… 좀 더 가까이 가서 보려고 난간에 발을 올렸다가 그만… 중심을 잃고 아래로 떨어졌어요. 다행히 머리부터 떨어지지 않아서 다리만 다쳤죠. 아래 깔려있는 잔디도 완충 역할을 한 것 같구요."

"혼자서 본 건가요?"

지영화는 지그시 눈을 감고 고개를 저었다.

"아니요. 동호회 친구랑 같이 봤는데 그 친구는 유령 보자마자 그 자리에서 바로 기절했어요. 그래서 그날 구급차 오고 난리도 아니었죠. 그런데 탐정님은 유령도 잡으시나요?"

예상치 못한 지영화의 기습 질문에 강산은 말문이 턱 막혔다. 강산은 가까스로 말을 뱉어냈다.

"아니요. 존재하지도 않는 걸 잡을 수는 없습니다. 저는 존재하는 것, 그것들 중에서 범죄를 저지르는 사람만 잡습니다."

"아… 철학적이시다. 멋져요."

지영화는 강산에게 호감 어린 눈빛을 보냈다. 강산은 부담스러워 얼른 그 집을 빠져나왔다.

•

"탐정님 인기 많으시네요?"

사무실로 돌아오는 강산의 차 안에서 미나가 재미있다는 듯 키득거렸다. 강산은 대꾸하지 않고 의문을 표했다.

"사람들에게 유령이 목격되었다는 그 맞은편 발코니는 우리가 못 본 곳 맞지? 천으로 가려진 곳 말이야."

"네, 우리가 갔을 때 막아놓았던 거기요. 아무래도 불미스러운 일이 있어서 가려놓았나 보네요."

강산은 고개를 저었다.

"아니지, 막으려면 사람이 죽어 나간 루프탑과 지영화가 떨어진 발코니를 막아놓아야 하는 거 아닌가?"

"아, 그런가요? 유령이 출몰하는 지역을 막을 게 아니라 사람이 다치거나 죽어 나간 곳을 통제하는 게 일반적이라는 말씀이네요?"

"그렇지. 천으로 막는다고 유령이 안 나타나는 것도 아닐 테고…. 분명히 그 저택과 관련해서 뭔가 숨기는 게 있어!"

강산의 눈이 날카로워졌다.

●

 사무실로 복귀해 태상과 함께 피해자 나정연 주변인을 살피던 강산은 미나, 태상을 퇴근시키고 홀로 사무실에 남았다.

 "부자 남편을 둔 중년 여자가 유령 저택에서 떨어져 죽었다. 평소 귀신이나 유령 같은 것에 전혀 관심이 없었고 밤에 돌아다니는 걸 좋아하는 사람도 아니었다. 가족도 모르는 곳에 혼자 가서 그렇게 죽어야 했던 이유는 과연 무엇일까? 2층 발코니라면 난간이 낮아서 떨어질 수도 있지만 루프탑은 다르다. 왜 하필이면 수리가 필요한 난간으로 떨어진 것일까?"

 강산은 계속 머릿속을 맴도는 생각에 지쳐 사무실을 나왔다. 막상 거리로 나오니 반겨주는 이 없는 집에 들어가기 싫었던 강산은 블루노트바로 향했다. 블루노트는 강산의 단골 술집으로 모델 출신 조화란이 운영했다.

 "어머, 탐정님 일찍 오셨네요?"

 블루노트바에는 아직 손님이 없었다. 직원 이정우가 마른 수건으로 칵테일 잔을 닦고 있었고 조화란은 홀에 있는 의자를 살피다 강산을 맞았다.

 "의자에 무슨 문제가 있나요?"

 늘 그렇듯 바 끄트머리에 앉은 강산이 의자를 살피고 있는 조화란에게 물었다.

"아, 아니요. 조금 낡은 것 같아서 교체해야 하나 해서요."

조화란은 은은한 미소를 지으며 바 안쪽으로 들어가 강산과 마주섰다. 그녀의 큰 키가 오늘따라 더 도드라져 보였다.

"개인적인 의견입니다만 낡았다는 이유만이라면 교체는 좀 더 있다 해도 되지 않을까요? 세상이 너무 빨리 바뀌어서 그대로 멈춰 있는 듯한 집이 요즘엔 소중하더라구요."

"일리가 있네요. 술은 싱글몰트로?"

"네, 부탁드리겠습니다."

강산이 조화란이 내준 싱글몰트 위스키를 홀짝이는 동안 손님들이 떠들썩하게 들어왔다. 조화란과 이정우는 한동안 정신없이 움직였다. 어느 정도 분위기가 안정되자 조화란은 손님들을 이정우에게 맡기고 강산 앞으로 왔다. 강산은 조화란과 이런저런 이야기를 나누다 불쑥 유령 이야기를 꺼냈다.

"사장님은 유령의 존재를 믿으시나요?"

예상치 못한 질문에 조화란은 빤히 강산을 쳐다봤다.

"영혼이 있을 것 같기는 해요. 탐정님은요?"

"저는 없다고 생각합니다. 인간은 죽으면 그저 흙으로 돌아간다고 생각하죠."

"그렇게 생각하면 인생이 허무하지 않아요?"

강산은 동의할 수 없었다.

"영혼의 존재를 믿으면 조금 나을까요?"

"그럼요. 여기서 힘들어도 다른 세계로 가면 좋아질 수도 있잖아요? 환생도 할 수 있고."

"하하, 그런가요? 환생하면 어떻게 살고 싶으신데요?"

조화란은 쑥스러운 듯 얼굴을 붉히며 웃었다.

"저는 지금보다 키가 조금 작게 태어났으면 좋겠구요. 배우가 되고 싶어요. 춤추고 노래하는…. 실은 저희 바에서 일하는 정우 씨가 예전에 뮤지컬 배우였는데 그때 사진 보니까 너무 멋지더라구요."

"아, 키가 작아졌으면 좋겠다…. 그리고 뮤지컬 배우가 되고 싶다…."

강산은 마치 주문을 외우는 것처럼 중얼거렸다.

"지금 시작해도 늦지 않을 것 같은데요?"

"아니에요. 이제 나이도 있고 배우 하기에는 키가 너무 커요. 슬프죠?"

조화란은 정말 슬픈 표정을 지어 보였다. 강산은 그녀를 보며 사랑스러움은 키나 외모와 전혀 상관없는 거라고 생각했다.

●

다음 날 강산은 유령 저택 소유주인 박석민의 집을 방문했다. 그는 서우동의 고급 빌라에 살고 있었다. 강산은 고급 빌라 로비를 지키는 경비의 따가운 눈총을 받으며 박석민의 집 안으로 들어갔다. 그는 4층 빌라의 1층과 2층을 쓰고 있었는데 층당 200평 정도 되어 보였다. 박석민의 여자친구 이라린도 그와 같이 있었다.

"집이 정말 좋네요. 크고 쾌적하고…. 이 소파나 가구도 다 외국에서 온 거 같네요?"

1층 거실로 들어간 강산은 일부러 요란을 떨며 박석민, 이라린 커플과 소파에 마주 앉았다. 그들은 커플링을 하고 손을 꼭 잡고 있었는데 이라린은 사진으로 봤을 때보다 훨씬 아름답고 지적으로 보였다. 그녀와 같이 있으니 박석민이 더 초라해 보였다. 그래도 행복하다니 강산은 다행이라 생각했다.

"실은 제가 궁금한 게 있어서 이렇게 또 염치 불구하고 찾아왔습니다."

"아닙니다. 별말씀을요. 여기, 차부터 드시죠."

박석민의 말이 끝나기 무섭게 가사도우미 아주머니가 커피를 내왔다.

"좋은 원두라 드실 만할 겁니다."

강산은 미소를 보이고는 커피를 한 모금 했다. 그리고 하고 싶은 질문을 던졌다.

"유령이 출몰한다는 발코니를 폐쇄하셨던데 이유가 있나요?"

"아, 그게…."

박석민은 난감한 듯 눈을 끔뻑이며 대답했다.

"그쪽에서 자꾸 유령이 나와서 일이 생기니까 말이죠…."

"그런데 루프탑은 폐쇄 안 하셨던데요? 루프탑에서 돌아가신 분도 유령 때문에 그렇게 됐다는 말이 돌던데…."

"그렇기는 한데…. 아무래도 발코니에서 자주 출몰해서 말이죠."

박석민의 음성이 살짝 떨렸다.

'흐음, 이상한데?'

강산이 의심스러운 눈초리로 응시하자 박석민은 너스레를 떨었다.

"아, 생각해 보니까 루프탑도 폐쇄해야겠네요. 하하."

"죄송하지만 제가 폐쇄한 발코니를 볼 수 있을까요?"

"그거는 좀…."

박석민이 뒤로 빼자 잠자코 있던 여자친구 이라린이 나섰다.

"협조해 드리는 게 좋지 않겠어요? 고생하시는데."

"그런가? 그럼 그러지, 내일 보여드릴 테니까 낮에 오시죠, 뭐."

강산은 씨익 미소를 지었다.

"불미스러운 사건도 있고 해서 경황이 없으실 텐데 이렇게 협조해 주시니 감사합니다."

강산은 박석민 커플에게 깍듯이 인사하고 돌아섰다.

●

서둘러 사무실로 돌아온 강산은 태상을 유령 저택에 보내기로 했다.

"일단 미나 하고 나는 거기 안내인에게 얼굴이 팔렸으니까 태상이가 가줘야겠다. 그 저택으로."

"가서 뭘 하면 되는 거예요?"

태상이 작은 눈을 반짝였다.

"아마도 저택 주인 박석민이 폐쇄된 발코니를 복원시킬 거야. 내가 보기에 거기에 뭔가 숨기는 게 있는 것 같으니까 왔다 갔다 하면서 상황을 잘 살펴봐."

"네, 알겠습니다."

태상은 신이 나서 사무실을 나갔다. 태상이 나가자 미나가 강산에게 다가왔다.

"탐정님, 박석민 의심하시는 거예요?"

"뭔가 속이는 게 있어. 태상이 다녀오는 동안 우리는 박석민 주변 인물들 조사해 봐야겠다."

"알겠어요."

강산과 미나는 박석민의 SNS를 활용해 그의 지인들을 조사하기 시작했다.

●

태상은 밤이 되어도 돌아오지 않았다.

'내가 잘못 짚은 건가?'

강산이 자신의 판단에 의문을 가질 때쯤 태상이 사무실로 복귀했다.

"제가 늦었죠? 어? 미나도 아직 퇴근 안 했네?"

"태상아, 뭐 본 거 있어?"

"네, 이상한 거 봤어요."

태상이 자신만만한 얼굴로 말했다.

●

아직 저녁을 못 먹은 터라 강산은 미나, 태상을 데리고 근처 피자집으로 갔다. 외근을 하고 돌아온 태상의 입맛에 맞춘 선택이었다.

"간만에 밖에서 뛰어다니다 피자 먹으니까 정말 맛있네요!"

"그래, 다행이다. 그런데 발코니 폐쇄한 거 뜯어내는 걸 본 거야?"

"네, 제가 맞은편 발코니에 숨어서 다 봤는데요. 수상한 게 있어요!"

"수상한 거?"

피자를 든 강산의 동작이 멈추었다.

"투명막 같은 것도 끄집어내고 프로젝터 같은 것도 천장에서 철거하던데요?"

'프로젝터라면 빛을 쏜다는 건가? 그리고 투명막은 왜 있는 거지?'

강산은 심각한 표정으로 여전히 피자를 들고 있었다.

"탐정님, 피자 말라붙겠어요."

미나의 농담에도 강산은 웃지 않고 혼자만의 생각에 빠져들었다.

●

다음 날까지도 강산은 프로젝터와 투명막에 대해 고민했다.

'도대체 그런 물건이 왜 필요했던 걸까? 혹시 속임수라도 썼다는 건가?'

강산은 그 속임수의 정체를 도통 알 수 없었다.

'프로젝터가 있다는 건 빛을 쏜다는 건데…. 혹시 유령의 존재를

속임수로 만든 것인가?'

강산은 답답한 마음에 미나, 태상을 소파로 불러 의견을 나누었다.

"분명히 유령을 꾸며낸 것 같은데 어떻게 한 걸까?"

강산의 말에 미나가 툭 말을 뱉었다.

"지난번에 친구랑 뮤지컬 보러 갔는데 거기 나오는 유령이 홀로그램이었어요. 혹시 그런 종류 아닐까요?"

"그래, 그럴 수도 있겠어. 아무래도 전문가에게 물어봐야 할 것 같은데…."

강산은 번뜩 뮤지컬 배우로 활동했었다는 블루노트바의 이정우를 떠올렸다. 강산은 이정우의 소개로 뮤지컬 현장에서 일하는 배호민을 만났다. 그는 특수효과를 담당하는 기술자였다.

"아, 투명막이요? 거기에 홀로그램이 맺히는 겁니다. 아마 발코니 천장에서 프로젝터로 바닥을 향해 레이저를 쏘았을 겁니다. 그게 반사돼서 45도 각도의 투명막에 맺히면 홀로그램이 되는 거죠. 사실 그게 완벽한 홀로그램은 아닌데 두루두루 많이들 씁니다. 플로팅 홀로그램이라고 불리고요."

강산의 방문에 배호민은 바쁜 현장임에도 친절하게 설명해 주었다.

"그럼 그 기술을 어느 정도 아는 사람이어야 쓸 수 있겠군요?"

"모르긴 몰라도 플로팅 홀로그램은 연극이나 뮤지컬 쪽에서 많이 쓰니까 이쪽 일을 잘 아는 사람일 수도 있고요. 또 인터넷 찾아보면 그 기술에 대한 설명이 많이 나오니까 관심 있는 사람이면 직접 만들 수도 있겠죠."

강산은 배호민에게 감사 인사를 하고 사무실로 향했다.

●

사무실로 돌아가는 길에 강산은 차를 돌려 근처 공원으로 갔다. 강산은 주차장에 차를 세워놓고 봄기운이 조금씩 올라오는 공원을 거닐었다.

'분명히 누군가 유령 저택 발코니에 홀로그램 장치를 설치해 놓고 사람들을 속인 게 틀림없다. 그곳에 유령이 출몰하고 관광지처럼 입장료를 받는다면 가장 혜택을 받는 사람은 역시 저택 소유주 박석민이다.'

강산은 잠시 멈춰 서서 하늘을 올려보다 다시 걸음을 옮겼다.

'그러잖아도 박석민은 의심스러운 언행을 보였었다. 중요한 건 루프탑에서 떨어진 나정연이다. 그녀도 그 홀로그램을 보고 아래로 떨어졌다? 그건 아닌 것 같은데⋯.'

생각할수록 강산의 머리가 복잡해졌다.

●

강산은 잠깐 사무실에 들렀다가 미나와 함께 다시 박석민을 찾아갔다. 마침 그는 유령 저택에 있었다.

"아, 탐정님! 그러잖아도 발코니 폐쇄했던 거 풀고 보여드리려고 했는데, 하하."

박석민은 여유로운 모습을 가장하며 저택 마당에서 강산을 맞았다.

"아, 안 봐도 될 것 같습니다만…."

강산이 묘한 미소를 짓자 박석민은 불안한 듯 마른침을 삼켰다.

"왜요…?"

"유령을 꾸며놓으셨던데요? 어제 홀로그램 장비 치우느라 고생하시는 거 우리 직원이 다 봤습니다."

강산의 직접적인 말에 박석민의 얼굴이 파리해졌다.

"아, 그게…."

박석민은 거짓말에 능한 사람은 아니었다.

"왜 그러셨는지도 알겠구요. 돈 때문이잖아요?"

강산이 예리하게 파고들자, 박석민은 당황한 듯 허둥댔다.

"아, 여기서 이러지 마시고 일단 안으로 들어가시죠."

강산은 미나를 밖에 세워두고 박석민을 따라 저택 로비로 들어갔다. 박석민은 로비에 있던 안내인을 밖으로 내보내고 강산과 독대했다.

"사업을 하다 보면 어쩔 수 없이 사람들을 속여야 할 때가 있습니다. 제가 뭐 잘했다는 건 아니고…. 어찌 됐든 지금 상황이 아주 안 좋습니다. 사람까지 죽어 나간 마당에 유령마저 가짜로 만들었다고 하면 저는 완전히 망할 겁니다. 이 사업뿐만 아니라 다른 사업까지도 영향을 받을 거구요."

"그러게 왜 사람들을 속이려고 합니까?"

강산이 톡 쏘아붙이자, 박석민은 안절부절 못했다.

"탐정님, 이번 건은 어떻게 그냥 넘어갈 수 없을까요? 제가 섭섭치 않게 해드리겠습니다."

"돈을 말씀하시는 거라면 사양하겠습니다. 하지만…."

강산은 말을 하다 멈추었다. 상대의 긴장과 집중을 끌어내기 위한 전략이었다.

"하지만… 뭐죠?"

박석민은 강산의 페이스대로 끌려왔다.

"이번 사건 해결에 도움을 주신다면 가짜 유령 이야기는 비밀로 해드리죠. 물론 앞으로는 홀로그램 유령을 띄우지 않는다는 전제 하에요."

"네, 당연합니다. 어제 설비도 다 뜯어냈으니까 다시 할 일 없습니다. 그런데 제가 어떤 도움을 드릴 수 있을까요?"

"그건 차차 말씀드리겠습니다. 그럼, 오늘은 이만."

강산은 경쾌한 몸놀림으로 자리에서 일어났다.

●

밖으로 나온 강산은 허기가 져 미나와 함께 근처 분식집으로 향했다. 사망 사건 이후 사람들의 발길이 끊긴 분식집 주인은 핸드폰을 만지작거리다 강산, 미나를 맞았다. 그들은 김밥, 떡볶이, 순대를 시켜 먹으며 사건에 관해 이야기를 나누었다.

"탐정님, 박석민이 피해자 나정연을 죽인 거 아닐까요?"

"글쎄, 그럴 가능성은 높아 보이지 않아. 일단은 우리가 박석민 주변인에 대해 조사해 봤지만 별거 없었잖아? 그리고 박석민은 속임수로 돈은 벌어도 사람을 죽일 만한 사람은 아니야. 아무리 아둔하다 해도 본인 사업장에서 살인을 저지르진 않겠지. 사람이 죽어 나가면 손해 볼 게 뻔한데."

미나는 고개를 끄덕였다.

"그러네요. 그럼, 제3의 인물이 루프탑까지 올라가서 나정연을 죽였다는 건데…. 도대체 그 제3의 인물이 누구일까요?"

"일단 이 건물의 구조를 매우 잘 아는 사람일 거야."

"그럼, 저택에 자주 드나들던 사람일까요?"

"그렇지. 관계자일 가능성이 높아. 일반인이 잠긴 루프탑 문을 열고 옥상으로 올라가기는 힘들 테니까."

미나의 입이 떡 벌어졌다.

"관계자라면 저택 안내인 노영국 씨랑 홀로그램 설치한 기술자 정도일 것 같은데…."

"내가 박석민을 우리한테 협조하도록 해놨으니까 그 사람들 자료 요청하면 군말 없이 넘겨줄 거야, 후후."

강산은 이제 사건이 막바지에 왔음을 느꼈다.

●

강산은 박석민에게 받은 자료를 바탕으로 저택 안내인 노영국과 홀로그램 기술을 구현해 준 기술자를 차례로 만났다. 미나와 태상에게는 저택 근처 CCTV를 분석해 일반인 중 의심 가는 사람이 있는지 알아보라고 지시했다. 먼저 강산은 홀로그램 기술을 구현해 준 강성후를 만났지만, 그는 알리바이가 확실했다. 이어서 강산은 저택으로 가 안내인 노영국을 다시 만났다. 며칠 사이에 그는 머리 숱이 빼곡해지고 얼굴도 좋아져 있었다.

"가발 사셨나 봐요? 감쪽같은데요?"

"아, 네. 마누라가 하도 늙어 보인다고 타박을 해서 큰맘 먹고 장만했습니다."

로비 데스크 앞에서 강산과 마주 선 노영국은 머쓱한 웃음을 지었다. 강산은 매서운 눈빛으로 그를 쳐다봤다.

"사건 당일 밤 노영국 씨는 어디 계셨을까요?"

노영국의 눈이 흔들렸다.

'뭐지?'

강산은 재차 질문을 던졌다.

"루프탑으로 올라가는 열쇠를 가진 분은 몇 명이죠?"

"아… 둘이죠. 저랑 사장님이랑…."

"그런데 범인은 루프탑 열쇠를 어떻게 구해서 열고 들어갔을까요? 그때 열쇠로 열어주셨잖아요?"

강산의 연속된 질문에 노영국은 당황하며 대답했다.

"역시 유령이 아니라 사람이 저지른 살인이었군요. 그런데 열쇠가 없어도 쇠꼬챙이 같은 걸로 여는 사람도 꽤 있습니다."

"그렇군요. 세상에는 열쇠 범죄자들이 넘쳐나는군요?"

강산이 압박의 수위를 높이자 노영국은 억울한 듯 자신의 가슴을 손바닥으로 탁 쳤다.

"설마 저를 의심하는 건가요?"

"아니요. 저는 그저 궁금한 걸 여쭙고 있을 뿐입니다. 자, 다시 묻겠습니다. 사건 당일 노영국 씨는 뭘 하고 계셨나요? 밤 10시가 넘은 시각입니다. 잘 기억해 보시죠."

노영국은 난감한 표정을 짓다가 툭 말을 내뱉었다.

"게임방에 있었습니다."

"게임방이요?"

"아, 진짜 짜증 나네!"

갑자기 노영국이 버럭 했다.

"나 도박쟁이입니다. 하우스에서 포커 쳤어요. 그날 돈 딴 걸로 내 머리에 뒤집어쓴 이 가발도 샀다고요!"

의외로 다혈질인 노영국은 가발을 휙 벗어 강산의 눈앞에 대고 흔들었다.

"그렇군요. 도박을 좋아하시는군요. 그럼, 그날 같이 도박했던 분들 이름이나 연락처, 또는 하우스 위치를 알려주실 수 있나요?"

"경찰에 신고하는 건 아니죠?"

"현행범이 아니라 큰일은 없을 거라 생각됩니다만…"

강산이 씨익 웃자 노영국은 자신이 간 하우스 위치와 같이 도박을 했던 사람들 이름을 적어주었다. 전화번호는 모른다고 했다.

노영국이 주장한 내용을 조사한 결과 그의 말은 사실이었다. 사건이 다시 미궁에 빠져 있는데, 태상과 미나가 중요한 정보를 확보했다. 눈이 빠지도록 CCTV를 보고 또 본 결과였다.

"탐정님, 이 여자가 계속 저택에 들락거리는데요? 대부분의 사람들은 한 번 정도 방문하고 마는데 이 여자는 계속 나타나요. 저택 주인 박석민하고 같이 온 적도 있고요."

태상이 내민 CCTV 영상을 보니 박석민의 여자친구 이라린이었다. 이목구비가 또렷해 그녀임을 바로 알 수 있었다.

"그래, 이라린! 내가 왜 그 생각을 못 했지? 이라린이라면 박석민이 소유한 열쇠로 루프탑에 들어갈 수 있겠지!"

강산은 미나, 태상에게 이라린과 피해자 나정연의 연결고리가 있는지 알아보라고 지시하고 안내인 노영국의 은행 계좌나 코인 계좌도 추적해 보라고 했다. 그리고 자신은 저택 주인 박석민을 만나러 갔다.

강산은 박석민과 유령 저택 근처 커피숍에서 만났다.

"자꾸 귀찮게 찾아와서 죄송합니다."

박석민은 지은 죄가 있는지라 고분고분했다.

"아닙니다. 제가 협조하기로 했으니까요. 그리고 범인을 잡아야 저택도 다시 살아날 수 있겠죠."

"그렇게 이해해 주시니 감사합니다. 그런데 여자친구 분과 만난 지 얼마나 되셨나요?"

예상치 못한 질문이었는지 박석민은 잠시 멍하니 강산을 바라보다 입을 열었다.

"아, 한 석 달 전쯤에요. 그런데 왜요?"

박석민의 얼굴에 불안한 기색이 스쳤다. 강산은 박석민의 말에 답하지 않고 재차 질문을 던졌다.

"지난번에 기적적으로 여자친구분을 만났다고 했는데 어떻게 만나셨나요?"

"아, 그거요? 제가 저택을 둘러보고 나오는데 라린 씨가 골목에서 뛰어오다가 저랑 정면으로 부딪쳤어요. 라린 씨가 잠깐 정신을 잃어서 제가 일으켜 세웠는데 힘이 없어 보이더라구요. 그래서 병원으로 데려가려고 했는데 그냥 커피숍 같은 데 가서 쉬면 좋아질 것 같다고 해서…. 지금 우리가 있는 이 나무 커피숍으로 데려왔죠. 그리고 사랑에 빠진 겁니다, 하하."

"흐음…."

강산은 속으로 한숨을 지었다.

'이건 100% 의도적인 접근이다. 설마 나정연을 죽이려고 박석민에게 접근한 건가?'

강산은 속생각을 지우고 다시 물었다.

"혹시 저택 루프탑 열쇠는 갖고 계신가요?"

"루프탑 열쇠요?"

박석민은 눈을 끔뻑이며 기억을 더듬었다.

"아, 그거 잃어버렸어요. 노영국 씨한테 하나 더 있어서 신경 안 쓰고 있었는데…. 왜요? 그게 문제가 될까요?"

"언제 잃어버리셨죠?"

"1년 가까이 되었을걸요?"

"그럼 여자친구 만나기 훨씬 전이네요?"

박석민은 얼떨떨한 표정으로 고개를 끄덕였다. 강산의 머릿속이 복잡해졌다.

●

박석민을 만난 강산이 사무실로 복귀하니 미나가 중요한 정보를 알렸다.

"탐정님, 피해자 나정연하고 이라린 두 사람, 중학교 고등학교 동창인데요? 두 사람은 서로 SNS 팔로우를 안 하고 있지만 다른 사람 SNS 타고 들어가 보니까 두 사람 관계가 굉장히 친밀했던데요?"

"그래?"

강산의 눈이 번쩍 뜨였다. 강산은 미나, 태상의 도움을 받아 이라린의 친구 서영희를 만났다. 그녀는 동남시 변두리에서 옷 가게를 하고 있었다. 강산은 자신의 신분을 밝히고 이라린에 대해 이것저것 물었다.

"아, 정연이 죽었다는 얘기는 들었어요. 실은 정연이하고 라린이하고 학창 시절에 무척 친했어요. 라린이가 공부도 잘하고 외모도 뛰어났는데, 적어도 대학 때까지요. 그런데 졸업하고 나서 라린이는 미국까지 갔다가 일이 잘 안 풀려서 궁핍하게 살고 정연이는 잘생기고 돈도 잘 버는 남자하고 결혼해서 팔자가 폈죠."

"그렇군요. 둘 사이에 갈등이 좀 있었겠네요?"

강산은 의상실의 동그란 의자에 앉아 마주한 서영희에게 질문했다. 다행히 의상실에는 손님이 없었다.

"그렇죠. 3년 전에 모임에서 둘이 머리끄덩이 잡고 싸웠으니까요. 그때 정연이가 친구들 앞에서 라린이한테 모욕을 많이 줬어요. 어쩌다 그렇게까지 됐는지는 몰라도 정연이가 사귀는 남자를 라린이가 노렸던 것 같아요. 원래 라린이가 욕심이 많아요. 그래서 화가 난 정연이가 라린이에게 심한 말을 퍼부었죠."

"어떻게요?"

"친구 남자를 뺏으려는 파렴치한 인간이다, 학창 시절처럼 모든 남자를 다 차지해야 직성이 풀리겠느냐, 정신 차려라, 등등…. 물론 그날 와인을 많이 마셔서 그랬겠지만 정연이가 라린이한테 콤플렉스 있던 거 다 푸는 느낌이었어요. 그 후로 두 사람은 절교한 걸로 아는데…. 그런데 라린이가 정연이 죽은 거랑 무슨 상관이 있나요?"

서영희는 이야기를 하다가 갑자기 생각난 듯 물었다.

"아니요. 아직은 모릅니다. 아무튼 협조해 주셔서 감사합니다. 그리고 저기 스카프 있으면 세 개만 사고 싶은데…. 좋은 걸로 골라 주십시오."

강산은 서영희에게 고마움을 표하기 위해 스카프 세 개를 구입한 후 의상실을 나왔다.

●

강산은 사무실로 돌아와 미나, 태상과 함께 피해자 나정연과 유력한 용의자 이라린의 최근 관계에 대해 파기 시작했다.

"탐정님, 제가 피해자 나정연 핸드폰을 더 뒤져보니까 이라린하고 톡을 나눈 기록이 있어요. 삭제돼서 확인 못 했었는데 복원했어요."

"오, 태상이 역시 대단하구나. 거기 뭐라고 쓰여 있어?"

태상은 자신이 복원한 메신저 기록을 강산에게 보여주었다.

"화해하고 싶다, 장소는 나무 커피숍…."

강산의 머리가 핑그르르 돌았다.

"나무 커피숍이면 유령 저택 근처에 있는 커피숍이잖아?"

강산이 박석민을 만난 커피숍이기도 했다.

"여기서 만나서 저택으로 유도, 그리고 뒤에서 민 거 아닐까요?"

미나가 눈을 반짝이며 물었다.

"그래, 현재 정황상으로는 그런데…. 아, 그 시간에 나정연과 이라린이 유령 저택으로 들어가는 CCTV만 찾으면 되는데…."

강산의 말에 미나가 미소를 지었다.

"제가 벌써 다 찾아놨죠!"

미나가 자신이 찾은 CCTV 영상을 강산에게 보여주었다.

"나무 커피숍에서 저택으로 향하는 장면이에요. 그리고 저택 뒤쪽으로 혼자 나오는 이라린도 캡처해 놨어요."

강산은 놀랍다는 듯 미나를 바라봤다.

"뒤로 나올 줄 알고 뒤쪽 CCTV를 분석한 거구나!"

"기본이죠, 이 정도는."

미나는 기분 좋게 웃었다.

"좋았어, 이 정도면 이라린 찾아가도 되겠어. 아…!"

강산의 표정이 급격히 어두워졌다.

"왜요, 탐정님?"

미나와 태상의 눈이 동시에 강산에게 쏠렸다.

"태상아, 노영국 계좌 확인해 봤니?"

"네, 확인했어요. 안내인 노영국 코인 계좌로 이라린이 천만 원 상당의 코인을 보냈더라구요. 그 전에 저택 주인 박석민이 이라린 계좌로 1억 원정도 송금했구요."

"그럴 줄 알았다. 노영국 그 가발, 도박해서 딴 돈으로 산 게 아니라 이라린이 준 돈으로 산 거였어! 그리고 무슨 핑계를 댔는지 몰라도 이라린은 박석민에게도 돈을 뜯어냈어!"

"게다가 노영국하고 이라린, 외사촌 관계더라구요. 그건 계좌 추적하다가 우연히 알게 됐어요."

태상의 말에 강산은 모든 걸 알겠다는 듯 회심의 미소를 지었다. 그리고 눈을 번뜩이며 말했다.

"이라린 말이야, 내가 지금 본인 주변 파는 걸 알고 있을 거야. 어쩌면 도망칠 수도 있어. 혹시 모르니까 미나하고 태상이는 지금 바로 공항으로 가서 지켜라. 나는 이라린 집으로 간다!"

말이 떨어지기 무섭게 미나와 태상은 사무실을 나갔고 강산도 이라린의 집으로 향했다.

●

강산이 이라린의 집 앞에 차를 댔을 때, 그녀는 커다란 여행가방을 들고 막 집을 나오고 있었다. 강산이 그 앞을 막아섰다.

"어딜 그렇게 급히 가시나요?"

"댁이 알 것 없잖아요!"

이라린은 강산을 쏘아본 뒤 여행용 트렁크를 자신의 차에 실으려고 했다.

"도망치려는 거군요. 친구 나정연을 죽이고!"

강산이 도발하자 이라린이 바로 반응했다.

"무슨 소리야? 이 사람이!"

"왜요? 찔리시나요?"

"증거도 없이 이러지 말아요. 안 비키면 경찰 부를 거예요!"

강산은 환영한다는 듯 두 팔을 옆으로 쫙 벌렸다.

"하하, 경찰? 그러잖아도 제가 부르려고 했는데."

강산은 바로 핸드폰을 꺼내 미나에게 전화를 걸었다.

"미나야, 이라린 씨 집으로 와라. 홍정화 형사에게도 연락하고!"

강산의 통화를 들은 이라린의 작은 얼굴이 분노로 빨개졌다.

"당신 무슨 증거로 나한테 이래? 탐정 일 그만하고 싶어?"

"별말씀을요. 이미 저택 안내인 노영국이 자백했습니다. 당신한테 열쇠를 전달하고 당신 지시로 루프탑 난간도 일부러 허술하게 손봐놨다고. 그리고 당신이 저택에 들고나는 장면도 CCTV에 잡혔습니다. 노영국 씨한테 돈 보낸 것도 알고 있구요. 이래도 발뺌할 겁니까?"

강산은 진실과 추측을 적절히 섞어가며 이라린을 압박했다. 열쇠와 난간 이야기는 강산이 추측한 것이었다. 당황한 이라린은 순간 오묘한 표정을 지었다. 강산의 추리가 맞아떨어진 모양이었다.

"원하는 게 뭐예요? 말하면 내가 들어줄 수도 있는데."

"그래요? 정말이죠?"

"당연하죠."

이라린은 미소를 지으며 강산 앞으로 바짝 다가왔다.

"우린 좋은 친구가 될 수도 있을 것 같은데…. 아니면 그 이상도…"

"뭔가 착각하시는군요. 내가 원하는 건 당신의 감옥행입니다, 이라린 씨!"

강산이 눈을 부릅뜨자 이라린은 매섭게 강산을 노려보고는 갑자기 뒤돌아 도망치기 시작했다.

"하이힐 신고 어딜 도망가시려고?"

강산은 잽싸게 이라린을 따라갔고 금세 그녀를 잡아 제압했다. 잠시 후 미나의 연락을 받은 동남서 홍정화 형사가 현장에 도착했다.

●

사건을 해결한 강산팀은 야외 숯불갈비집에서 회식을 했다.

"오랜만에 이렇게 밖에서 고기 구워 먹으니까 맛있는데?"

강산이 미나를 보며 엄지를 치켜 올렸다.

"제가 심혈을 기울여 찾아낸 집이에요. 나중에 남친 생기면 같이 오려고."

"하하, 미나한테 이런 면이 다 있구나!"

강산은 가방에서 주섬주섬 무언가를 꺼내 내밀었다. 참고인 서영희의 의상실에서 산 보라색 스카프였다.

"어머, 이게 뭐예요?"

미나가 활짝 웃으며 스카프를 받았다.

"선물이야, 그동안 고생 많았다."

태상이 질투를 했다.

"탐정님, 저는 뭐 없어요?"

강산이 가방에서 같은 디자인의 스카프를 하나 더 꺼냈다.

"너도 줘?"

"아니에요, 됐어요."

강산은 씨익 웃으며 스카프를 가방에 넣었다. 나머지 두 개는 블루노트바 조화란과 무당 백화를 위해 준비한 것이었다.

"그런데 탐정님, 이라린 그 여자 정말 나정연에 대한 시샘이나 질투 때문에 그렇게 치밀하게 계획을 짜서 죽인 거래요?"

미나가 스카프를 목에 두르며 물었다.

"응, 홍정화 말에 의하면 나정연에게 심한 모욕감을 느꼈다나 봐. 자신보다 아래라고 생각했던 친구에게 공개적으로 모욕을 받고 자신보다 잘 사는 모습을 보니 너무 화가 났다나? 게다가 자신이 빼앗으려던 부자 남자와 나정연이 결혼까지 했으니 그 화는 더욱 커졌겠지."

"그래도 직접적인 계기가 더 있을 거 아니에요?"

이번에는 태상이 물었다.

"응, 최근에 백화점에서 우연히 만났는데 거기서도 나정연이 본인을 쓰레기 취급했다고 하더라. 물론 이라린의 일방적인 주장이지만. 그래서 나정연을 죽이고 싶었는데 마침 사촌오빠인 노영국이 유령 저택 안내인으로 근무하고 있었던 거야. 그 연으로 박석민에게 접근했던 거고. 박석민의 환심을 산 다음 완벽하게 죽일 계획을 짠 거지. 그 와중에 박석민한테 사업을 핑계로 돈도 뜯어내고. 일석이조였겠지.”

“그럼 이라린은 나정연이 유령을 보고 놀라서 떨어져 죽은 걸로 몰고 가려던 거네요?”

“그럴 수도 있고 아닐 수도 있고…”

미나와 태상의 눈이 동시에 강산에게 쏠렸다.

“어쩌면 이라린은 처음부터 박석민의 유령 장난질을 알고 있었을지도 몰라. 그걸 교묘하게 이용한 거지. 저택에서 그 장난질 때문에 사람이 죽는다면 아마도 유령이나 박석민에게 포커스가 맞춰질 테니 말이야.”

“아, 그럴 수도 있겠네요. 아무튼 무서운 여자예요. 그런 이유로 사람을 죽이다니.”

태상의 말에 강산은 고개를 크게 끄덕였다.

“태상아, 생각보다 질투나 시샘의 힘은 무척이나 크다. 특히 그게 모욕이라는 양념과 버무려지면 이런 큰일도 벌어지는 거지.”

“그러게요. 자, 우리 이제 사건 얘기 그만하고 갈비 먹어요. 다 타겠어요!”

미나가 노릇노릇 구워진 갈비를 강산과 태상에게 나누어주었다. 중간중간 고기를 뒤집으랴 본인 입에도 넣으랴 무척이나 바쁜 미나였다.

"미나야, 이제 집게 나 줘. 내가 구울게."

태상이 나섰지만, 미나는 거절했다.

"괜찮아. 내가 구운 게 제일 맛있으니까 내가 계속 구울게."

미나는 땀을 흘려가며 열심히 갈비를 구웠고 강산과 태상은 맛있게 먹었다. 오랜만에 느끼는 여유로움이었다. 그들의 머리 위로 솔솔 봄바람이 스쳐 지나갔다.

흉가에서 벌어진 연쇄살인과 씻김굿 /

죽어가는 노송이 달빛을 받아 처량한 그림자를 늘어뜨린 흉가 마당에 한 중년 남자가 서 있다. 남자는 아쉬운 듯 몇 번이나 뒤를 돌아보며 걸음을 옮겨 흉가 앞에 세워둔 자신의 검은 세단에 올랐다. 치직거리는 탁한 시동음과 함께 차가 출발하는가 싶더니 차는 백 미터도 못가 커다란 폭발음을 내며 화염에 휩싸였다. 사람의 왕래가 없어 늘 어둠 속에 묻혀 있던 흉가 밑 도로가 자동차 불길로 검붉게 타올랐다.

●

창밖으로 내리는 진눈깨비를 말없이 바라보던 강산이 입맛을 쩍 다시며 자신의 자리로 돌아왔다. 컴퓨터 자리에서 강산의 행동을 지켜보고 있던 탐정사무소 직원 미나가 입을 열었다.

"탐정님, 무슨 약속 있으세요? 왜 자꾸 창밖을 확인하세요?"

"아니, 그냥. 오늘은 왠지 의뢰인이 찾아올 것 같아서…. 하하."

"하긴, 요새 의뢰가 좀 뜸하긴 했네요. 그런데 진눈깨비까지 내리는데 누가 오겠어요?"

강산은 검지 손가락을 치켜들어 좌우로 흔들며 말했다.

"미나야, 사건이란 말이지… 시간과 공간을 안 가리고 일어나는 법이야. 날씨는 물론이고 범인들의 그릇된 욕망이 언제 어떻게 발현될지는 아무도 몰라. 그리고 말이야…"

강산이 미나에게 더 말을 늘어놓으려는데 벌컥 사무실 문이 열렸다.

"잘 지내셨어요, 강산 오라버니?"

강산과 미나가 반사적으로 고개를 돌려 문 쪽을 바라보니, 백화가 양손에 잔뜩 짐을 들고 들어오고 있었다. 백화는 동남시에서 제법 이름난 무당으로 강산과는 예전 사건으로 알게 되어 오랫동안 친분을 이어오고 있었다.

'오라버니라고 부르는 것도 그렇고 양손 가득 선물을 들고 온 것도 그렇고…. 백화가 또 뭔가를 부탁하러 온 거 같군. 저 매서운 눈으로 눈웃음까지 치는 걸 보면 틀림없어.'

"어머, 백화 언니! 이게 다 뭐예요?"

미나가 반가운 듯 달려가 백화의 손에 든 짐꾸러미를 받아 들었다.

"이거? 두 사람 아직 점심 전일 것 같아서. 서우동의 유명한 초밥 장인한테 초밥 좀 받아왔어. 강산 오라버니 영양제하고 미나가 좋아하는 프랑스제 초콜릿도 챙겨왔고. 아, 그리고 지난번에 보니까 사무실 벽시계가 너무 낡았더라. 우리 탐정님한테 어울리는 고급스러운 걸로 골랐으니까, 분위기가 날 거야."

강산은 의심스런 눈초리로 백화를 쏘아봤다.

'저렇게 장황하게 구는 걸 보면 꽤나 큰 사건이 벌어진 건가?'

강산은 별말 없이 백화가 테이블에 차려놓은 초밥을 먹기 시작했다.

"어머, 초밥이 입안에서 살살 녹네요?"

미나의 눈이 휘둥그래졌다.

"초밥 장인이 만든 거라 다르지?"

"나는 동네 마트에서 파는 초밥도 맛있더라."

강산이 심술 난 아이처럼 실쭉대자, 백화가 깔깔 웃음을 터뜨렸다.

"왜 웃냐?"

"오라버니 왜 안 물어보세요? 제가 여기 왜 왔는지 다 아시면서."

백화도 보통은 아니었다. 강산은 그제야 씨익 미소를 지었다.

"그래, 무슨 일인데?"

백화는 한숨을 푹 쉬고는 탐정사무소에 찾아온 이유를 밝혔다.

"실은 얼마 전에 신당에 손님이 한 분 오셨는데 남편이 악귀에 쓰여 죽은 것 같다면서 씻김굿을 해 달라지 뭐예요? 시어머니가 시켰다면서."

"그래? 남편이 어떻게 죽었는데?"

"멀쩡하던 자동차가 갑자기 폭발해서 죽었는데 사건이 일어난 장소가 흉가 바로 앞이었대요."

"흉가?"

강산의 눈썹이 일렁였다. 미나도 젓가락을 멈추고 백화를 쳐다봤다.

"지난 몇 달 사이에 그 흉가에서 넷이나 죽었거든요. 오래 전부터 흉가로 이름난 집이긴 한데 최근 몇 년 동안은 별문제 없더니 갑자기 줄줄이 사람이 죽어 나가네요."

"흐음…."

강산은 심각한 표정으로 팔짱을 끼었다.

'사인은 사고사인데 악귀의 짓이라 생각한다고? 게다가 그 사람 말고도 셋이나 더 죽었다고?'

"나머지 세 명은 어떻게 죽었는데요?"

미나가 궁금증을 참지 못하고 물었다.

"한 사람은 흉가 근처 야산에서 목을 매 자살했고 나머지는 나도 잘 몰라. 아무튼 이번에 죽은 사람까지 하면 그 집 관련해서 넷이 죽은 거야. 그러니 자기 남편도 그 흉가의 저주에 사로잡혀 사고가 난 것 같다는 거지. 악령에 의해 자연발화가 된 것 같다나? 경찰은 원인을 알 수 없는 자동차 결함으로 인한 사고사로 결론지었고."

"물론 백화 너도 그 흉가에 가봤겠지?"

강산은 백화의 표정을 살폈다.

"네, 강진동에 있는 오래된 흉가인데 한때 귀신이 출몰하는 걸로 워낙 유명세를 탄 집이에요. 물론 이렇게 연달아 사람이 죽어나간 적은 없지만요. 그런데 중요한 건 제가 직접 흉가에 가본 바로는 집안에 원귀나 악귀가 전혀 없다는 거예요."

"하긴, 원귀나 악귀가 있었으면 백화 언니가 진작 다 처리했겠죠."

미나가 다시 초밥을 입에 넣으며 기분 좋은 듯 말했다.

"그렇지, 그런데 귀신의 장난이 아니라 사람의 짓이니까 범인을 잡아야 하지 않겠어? 그래서 내가 이렇게 찾아왔지. 사람의 일은 우리 강산 오라버니가 동남시에서 최고니까."

백화는 강산을 쳐다보며 생긋 미소를 지었다.

"그런가? 아무튼 오랜만에 네 부탁이니 내가 맡도록 하지. 일단 백화신당에 왔던 손님을 만나봐야 하니까 그쪽에 미리 연락해 줘. 내가 찾아간다고."

"어머, 이렇게 쉽게 부탁을 들어주시는 거예요?"

백화가 감격스러운 얼굴로 강산의 옆자리로 가 덥석 그의 손을 잡았다.

"역시 강산 오라버니밖에 없다니까."

순간 강산의 얼굴이 빨갛게 달아올랐다.

"푸하하!"

미나의 웃음보가 터졌다. 강산이 민망한 듯 백화의 손을 뿌리치고 일어났다.

"미나 넌 왜 웃냐?"

"탐정님 거울 좀 보세요. 얼굴이 엄청 빨개요. 역시 탐정님은 미인에 약하시다니까."

강산은 미나의 말을 못 들은 척 슬그머니 창 쪽으로 걸어갔다.

'아무래도 꽤나 복잡한 사건이 될 것 같군. 그런데 정말 내 얼굴이 빨개졌나?'

강산은 손으로 슬쩍 자신의 얼굴을 쓰다듬어 온도를 체크했다.

●

다음 날 강산은 백화신당에 씻김굿을 의뢰했던 고영미를 만나기 위해 그녀의 집으로 찾아갔다. 고영미의 집은 작은 마당을 품은 땅콩주택 스타일이었다. 강산이 대문 앞에 섰을 때, 젊은 남자 하나가 막 대문을 나와 강산의 옆을 스쳐 지나갔다.

'누구지?'

강산은 곁눈질로 남자를 응시하고는 현관으로 향했다. 얼마 전 남편이 죽은 집치고는 외부나 내부 모두 깔끔했다. 집 안으로 들어간 강산은 거실 소파에 앉아 주방에서 마실 것을 준비하는 고영미를 관찰했다.

'흠, 툭 건드리면 쓰러질 것 같네. 여성치고는 어깨도 있고 키도 꽤 큰 편인데, 온몸에 힘이 없어 보여. 아마도 갑자기 세상을 뜬 남편 때문이겠지.'

강산은 자신도 모르게 그녀를 동정하는 표정을 짓다가 빠르게 얼굴을 바꾸었다. 감정이 들어가서는 제대로 된 수사가 힘들다는 걸 오랜 경험으로 터득한 그였다.

"백화 보살님께 전화는 받았습니다. 탐정이시라고…."

고영미는 자신이 내준 홍차를 마시는 강산을 물끄러미 바라봤다. 강산은 그녀의 시선을 의식하며 질문을 시작했다.

"그렇습니다. 그런데 남편 김유천 씨가 본인의 자동차 안에서 변을 당하셨다고요?"

그녀는 대답 대신 고개를 끄덕였다.

"연식이 오래된 차였나요?"

"아니요. 구입한 지 1년도 안 된 새 차였어요. 제 생각에는 아무래도 그 흉가의 악귀가…."

강산은 답답했지만, 속마음을 숨기고 다음 질문으로 넘어갔다.

"자동차 자체 결함은 아니었고요?"

"네, 보험사나 경찰에서도 불이 난 정확한 원인은 모른다고 했어요. 요즘 나오는 차들은 워낙 전자장치가 복잡해서 이렇게 전소돼 버리면 뭐가 문제인지 찾을 길이 없다고 하더군요."

고영미는 건조한 말투였지만 제법 자세히 설명했다.

"그렇군요. 그런데 고영미 씨는 남편분이 왜 악귀에게 당했을 거라고 생각하시죠?"

"그야…."

고영미는 잠시 뜸을 들이다가 대답했다.

"탐정 선생님은 안 가 봐서 모르시나 본데 그 흉가가 보통 기운이 센 게 아니에요. 남편이 거길 가려고 하는 것 같아서 제가 그렇게 말렸는데…."

고영미의 눈에 금세 눈물이 차올라 볼을 타고 흘러내렸다. 눈물은 쉽게 멈추지 않았다. 강산은 계속 질문을 하기가 왠지 미안해져 자리에서 일어나다가 뭔가 생각난 듯 불쑥 물었다.

"그런데 좀 전에 들어오다 보니까 웬 남자분이 집에서 나가시던데, 누구죠?"

"아, 남편 밑에서 일하던 사람인데 절 위로하러 찾아왔어요."

"고마운 사람이군요. 그럼 오늘은 이만."

강산은 눈물을 멈추지 못하는 그녀를 두고 집을 빠져나왔다.

●

그날 저녁, 강산은 미나와 함께 문제의 흉가를 찾아갔다. 흉가는 강진동 변두리 언덕배기에 위치했는데 근처 주택 단지와는 꽤 떨어진 곳이었다.

"민가와는 외떨어져 있네."

"그러게요, 언덕 위에 달랑 이 집만 있네요?"

미나는 눈앞에 있는 마당 딸린 2층 주택을 물끄러미 올려다봤다.

"내가 어렸을 때는 이런 스타일의 집을 부잣집이라고 했는데. 양옥집이라고 불렸지."

강산은 들어갈 생각을 않고 멀뚱히 건물을 바라보기만 했다.

"탐정님, 왜 안 들어가세요?"

"어, 올 사람이 있어서."

"올 사람이요?"

"아, 저기 오네!"

미나가 강산의 눈길을 따라 고개를 돌리자, 어깨에 커다란 배낭을 멘 해커 태상이 잔뜩 겁에 질린 얼굴로 걸어오고 있었다.

"어머, 태상 오빠네? 근데 표정이 안 좋은데요?"

태상이 가까이 다가오자 미나가 그의 안색을 살폈다.

"태상 오빠, 무슨 일 있어? 얼굴이 창백해. 꼭 못 볼 걸 보고 벌벌 떠는 사람처럼."

"맞아, 벌벌 떠는 거. 나 이런 흉가에 오는 거 정말 싫어하거든."

태상의 순진한 모습이 귀엽다는 듯 강산은 피식 웃었다.

"태상아, 너 같이 수학도 잘하고 컴퓨터도 능한 애가 흉가는 왜 무서워하냐? 보통 과학적으로 사고하는 친구들은 귀신 같은 거 안 믿을 것 같은데?"

"그건 탐정님이 잘 모르고 하시는 말씀이에요."

태상은 야속하다는 듯 강산을 슬쩍 노려봤다.

"저는 제가 제어하지 못하는 존재가 가장 두렵다고요. 수나 컴퓨터는 제가 제어할 수 있고 검증도 할 수 있지만, 귀신은 아니잖아요? 제가 알지도 못하는 존재니 두려울 수밖에요!"

"오, 그래? 나랑 정반대네?"

강산은 무척 흥미롭다는 투로 말했다.

"나는 내가 모르는 것들을 알아나가는 게 즐겁거든. 그게 귀신이든 사람이든, 후후. 아무튼 그렇게 무서우면 태상이 넌 내 차에 가서 기다리고 있어. 나하고 미나만 들어갔다 올 테니까."

"그러실 거면 굳이 왜 절 부르셨어요?"

태상은 여전히 원망에 찬 표정이었다.

"어? 난 몰랐지. 네가 이렇게 귀신을 무서워하는지. 그래도 둘보다는 셋이 낫잖니, 안 그래?"

강산은 태상의 어깨를 툭 치고는 언덕 위에 외로이 서 있는 흉가 안으로 진입했다.

●

좀처럼 겁이라고는 없는 강산도 막상 흉가 마당에 들어서자 왠지 모를 오싹함을 느꼈다.

'으스스하긴 하구나.'

미나도 긴장한 기색이 역력했다.

"탐정님, 여기 흉가 맞는 것 같아요. 뭔가 무거운 기운이 저를 누르는 것 같아요."

"기분 탓 아닐까?"

강산이 나름 여유를 부리며 대꾸하는데 마당 구석에서 고양이 한 마리가 톡 튀어나와 빠르게 그들 앞을 스쳐 지나갔다.

"흐억!"

강산이 깜짝 놀라 소리를 지르자 미나가 까르르 웃었다.

"탐정님도 겁나시죠? 그죠?"

강산은 정색하고 말했다.

"미나야, 나 탐정 안강산이야. 탐정이나 돼서 고양이를 무서워하겠니? 안 그래?"

"에이, 맞는 것 같은데?"

머쓱해진 강산은 눈을 매섭게 치켜뜨고 마당과 건물 외부를 집중해서 훑었다.

'이 집에 대체 뭐가 있길래 여길 다녀간 사람들이 다치고 죽는 걸까?'

강산은 말라 죽어가고 있는 정원수들을 둘러본 뒤 돌로 된 계단을 올라 집 안으로 들어갔다. 미나는 준비해온 플래쉬를 강산과 하나씩 나눠 갖고 열심히 실내를 비췄다.

"아무리 봐도 그냥 버려진 집 같은데?"

"그러게요. 오히려 안에 들어오니까 덜 무서운데요?"

미나는 어느새 적응되었는지 강산보다 앞서 2층으로 연결된 계단을 올랐다. 강산도 그 뒤를 따랐다.

"얼마 전까지 사람이 살았던 곳 같은데…."

강산이 혼잣말처럼 중얼거리자 미나가 용케 듣고 되물었다.

"왜요?"

"가전제품에 먼지가 쌓여 있긴 하지만 모두 최신형 모델들이야. 내부도 나름 리모델링을 한 것 같고. 그런데 여전히 흉가라고 불린단 말이지."

"그야 사람들이 죽어 나가니까 그렇죠."

미나는 당연하다는 듯 대답했고 강산은 어둠 속에서 고개를 끄덕였다.

'소문이 그렇게 무서운 것인가?'

강산은 사람들에게 흉가라 불리는 이 오래된 집이 몹시 궁금해졌다.

●

흉가를 다 훑어본 강산은 미나, 태상과 함께 사무실 근처 치킨집으로 가 저녁 대신 치킨과 맥주를 마셨다.

"아, 시원해!"

미나가 500cc 맥주 한 잔을 단숨에 들이킨 후 치킨 다리를 집어 들었다.

"흉가라고 해서 엄청 긴장했는데, 귀신이 우릴 무서워하나? 왜 아무 일도 없죠?"

미나가 닭다리를 뜯으며 강산에게 물었다.

"후후, 그러게 말이다. 아무튼 미나 고생했다. 많이 먹어. 태상이도 차에서 대기하느라 고생 많았고."

강산이 앞에 놓인 맥주잔을 들어 건배하려고 하는데 태상이 불쑥 사건 이야기를 꺼냈다.

"탐정님, 제가 차에서 기다리면서 자료를 좀 찾아봤는데요."

"오, 그래? 뭔데?"

"오늘 다녀온 흉가 말이에요, 얼마 전까지 멀쩡히 사람이 살았던 곳이에요."

"어머, 탐정님 말씀이 맞네요?"

미나가 놀랍다는 듯 강산을 바라봤다.

"혹시 소유주가 누군지도 알아냈어?"

태상은 대답 대신 자신의 배낭에서 노트북을 꺼내 직접 화면을 보여주었다.

"이 사람이요!"

강산은 노트북 화면을 가득 채운 중년 남자의 얼굴을 유심히 바라보았다.

"어디서 본 사람인데…"

뚫어지게 화면 속 남자를 쳐다보던 강산은 뭔가를 떠올린 듯 자신도 모르게 목소리를 높였다.

"아, 이 사람! 기진규 아니야?"

"어? 맞아요, 탐정님. 집주인 이름이 기진규예요."

태상의 목소리도 덩달아 높아졌다.

"이거 일이 재미있어지는데?"

강산의 얼굴에 희미한 미소가 떠올랐다.

"이 사람이 누군데요?"

미나와 태상의 눈이 강산의 입에 집중되었다.

"기진규는 10년 전 활동했던 유명한 금고털이범이야. 일각에서는 대도라고 부를 정도로 대단했지. 그런데 기진규가 그 흉가에 살았다고? 태상아, 혹시 기진규 현재 소재 파악할 수 있니?"

강산의 말에 태상은 잠깐 머뭇 하더니 입을 열었다.

"이 사람도 죽었어요."

"뭐라고?"

강산의 동공이 크게 흔들렸다.

●

　다음 날 강산은 아침부터 태상을 사무실로 불러 강진동 흉가에 대한 정보와 그곳과 연루된 사람들의 자료를 찾기 시작했다. 조사는 저녁까지 이어졌다.

　"10년 전 감쪽같이 사라졌던 기진규가 흉가로 소문난 강진동 주택을 작년 가을에 구입했구만. 사람들이 가까이 가기조차 꺼려하던 집을 말이야. 그런데 그곳에 거주한 지 석 달이 지난 시점에 기진규가 옥상에서 떨어져 죽었고 그 후로도 그 집과 관련돼서 죽은 사람이 세 명이야. 그중 나상욱이란 사람은 흉가에 갔다가 돌아가는 길에 괴한에게 죽임을 당했고 이영훈이란 사람은 야산에서 목을 매 죽었고 마지막으로 고영미의 남편 김유천은 흉가 앞 도로에서 자동차 폭발 사고로 죽었다…."

　말을 마치고 자리에서 일어난 강산은 머리가 지끈거리는지 양손 엄지로 관자놀이를 꾹꾹 눌러댔다. 강산이 창가로 가 창문을 열자 제법 쌀쌀한 바람이 사무실 안으로 들어왔다.

　"미나야, 거기가 정말 흉가라면 말이지…. 아, 아니다…. 이건 백화한테 직접 물어봐야겠지."

　강산은 하던 말을 멈추고 불쑥 사무실을 나가버렸다.

　"우리 탐정님 바쁘시네, 후훗. 태상 오빠, 우리 배고픈데 피자 시켜 먹을까?"

"아, 좋지. 피자 먹으면서 자료나 더 찾아야겠다, 헤헤."

미나와 태상이 피자를 먹으며 사무실을 지키는 동안 강산은 백화신당으로 가서 백화를 만났다.

"어머, 강산 오라버니가 이 시간에 웬일로?"

백화는 막 하루 일과를 마치고 신당을 나서던 참이었다.

"급히 물어볼 게 있어서, 시간 되지?"

"아, 시간…."

백화는 난처한 표정을 짓다가 신당 벽시계를 슬쩍 쳐다보고는 강산을 내실로 안내했다.

"뭐 바쁜 일 있어?"

"아, 그게 실은…. 오늘 저녁 약속이 있어요. 30분 정도는 괜찮아요."

"응, 그랬구나. 그럼 짧게 묻고 갈게. 보통 흉가로 알려진 곳에서 사람이 죽는 경우에 그 유형이 어떻지? 그게 궁금해서 직접 찾아온 거야."

"역시 열심이네요. 일반적으로 흉가에 갔다가 변을 당하는 경우는 크게 두 가지랍니다. 그 자리에서 급사하는 경우와 흉가에서 귀신을 목격하고 집에 돌아와서 시름시름 앓다가 일상생활이 불가능할 정도가 되는 경우, 그렇게 되면 저 같은 사람한테 도움을 청하러 오죠."

강산은 알겠다는 듯 고개를 끄덕이고는 질문을 하나 더 했다.

"그럼, 흉가에 다녀와서 괴한에게 당한다든가 이번에 백화 네가 소개한 고영미의 남편 김유천처럼 자동차가 폭발한다든가 하는 일은 매우 드문 경우네? 그치?"

"네, 적어도 제가 경험한 바로는 악귀나 악령들이 그렇게까지 하는 건 못 봤어요. 그런데 탐정님, 이제 귀신의 존재를 믿으시나 봐요? 그런 걸 다 물어보시고."

"아니, 난 내가 잡을 수 있는 것만 믿어. 수사상 꼭 짚고 넘어가야 할 것 같아서 물어본 거야. 아무튼 협조해줘서 고맙고 오늘 데이트 잘해."

"데이트요? 전 저녁 약속 있다고 말했을 뿐인데?"

백화가 의아한 눈빛을 던졌다.

"옷차림하고 화장 스타일이 평소와 전혀 다른데? 목소리도 살짝 들떠 있고. 남자 만나는 일이 아니고서 백화를 그렇게 만드는 다른 일은 없을 것 같은데?"

"어머, 탐정님 보살 다 되셨네."

"그런가?"

강산은 크게 웃고는 바로 백화신당을 빠져나왔다.

•

 사무실에 있던 미나, 태상에게 전화로 퇴근을 지시한 강산은 집으로 돌아와 간단히 식사를 한 뒤 거실에 대자로 누워 사건을 정리했다.

 "흉가인 줄 알면서도 이사를 온 남자가 3개월 만에 옥상에서 떨어져 죽었다. 그 후로 괴한에 의해 죽임을 당하고 산에서 목매달아 죽고 자동차 폭발까지 있었다. 이 모든 죽음은 흉가와 관련 있긴 하지만 아무리 생각해도 귀신이 아닌 사람에 의한 범행 같단 말이야. 늘 그랬듯이…."

 강산은 바닥에서 일어나 주섬주섬 옷을 입었다. 그리고 혼자서 다시 흉가를 찾아갔다.

 "여기서 사람이 떨어져 죽었단 말이지? 그것도 금고털이로 신출귀몰했던 기진규가."

 강산은 2층 주택의 옥상에 올라가 아래를 내려다보았다. 그다지 높은 위치는 아니었다.

 "거꾸로 떨어졌는데 하필이면 정원에 있는 돌부처상과 부딪혔단 말이지."

 1층 처마 밑에는 제법 큰 부처상이 있는데 대리석으로 조각된 것이었다. 그것은 이 집을 더욱 흉가스럽게 만들어주는 소품 같기도 했다.

"한 뼘만 빗겨났어도 흙바닥에 떨어졌을 거고 최소한 목숨은 건질 수 있었을 텐데."

지난번 방문에 이어 강산은 이번에도 집 내부나 외부에 혹시 CCTV가 있을까 샅샅이 훑어봤다. 하지만 그런 것은 보이지 않았다.

"휴우, 어려운 사건이 되겠어."

소득 없이 힘만 쪽 빠진 채 발길을 돌리려던 강산이 갑자기 플래쉬를 꺼내 정원 바닥을 비추었다.

"어? 저기 담장 아래 흙이 좀 이상한데?"

두어 걸음 걸어가 담장 밑을 살펴보니 최근에 누군가 파헤친 듯 안쪽 흙과 바깥쪽 흙이 뒤섞여 있었다.

"누가 왜 마당을 파헤쳤을까?"

●

다음 날도 강산팀의 조사는 계속되었다.

"태상아, 일단 기진규의 행적에 대해 먼저 알아봐 줘. 아무래도 흉가 주인이었던 기진규가 키맨인 것 같으니까. 미나는 괴한에 의해 죽은 나상욱 사건 기사 난 거 있나 찾아봐 주고."

잠시 후 미나가 기사를 스크랩해 강산이 있는 소파로 가져왔다.

"흉가 관련된 사건이라 기사가 제법 많네요."

강산은 흥미롭다는 듯 사건 기사를 읽어 내려갔다.

"나상욱은 SNS에 주로 흉가 사진이나 체험담을 올리는 사람이었구만. 어?, 그런데 흉가를 촬영하고 돌아오는 길에 당한 게 아니네? 나상욱이 괴한에게 당한 건 흉가를 다녀온 지 3일이나 지나서야. 그것도 자신의 집 근처 골목에서. 게다가 나상욱을 죽인 괴한은 경찰에 붙잡혀 현재 동남구치소에 있고."

강산은 소파에서 일어나 사무실을 서성거렸다.

'아무래도 나상욱은 결이 좀 다른 것 같은데…'

강산이 팔짱을 끼고 생각에 잠겨 있는데 태상이 소리쳐 강산을 불렀다.

"탐정님, 기진규한테 크루가 있었던 것 같은데요?"

"뭐? 크루? 공범이 있었다는 거야?"

"네, 예전에 기진규가 공범 둘과 함께 가정집을 턴 혐의로 용의선상에 오른 적이 있었는데 증거 부족으로 기소가 안 됐어요. 그 후로 기진규는 범죄에서 손을 뗐는지 사라졌고 나머지 두 명도 잠적했어요. 그런데 놀라운 사실은…"

태상의 마지막 말에 강산과 미나의 이목이 동시에 집중되었다.

"그 공범 두 명이, 바로 흉가와 관련해 죽은 이영훈과 김유천이에요."

"그래?"

강산의 입가에 희미한 미소가 흘렀다.

'드디어 연쇄 살인사건의 거대한 입이 열리고 있구나.'

●

며칠 후 태상에게 추가 정보를 받은 강산은 미나에게 동남구치소로 가 SNS에 흉가 체험을 올리던 나상욱을 살해한 범인 강서길을 만나보라고 지시한 뒤 자신은 고영미의 집으로 향했다. 하지만 고영미는 집에 없었고 태상을 통해 확인한 결과 스포츠 센터에서 수영강습을 받고 있다는 사실을 알아냈다. 강산은 수영장 뒤 주차장에서 그녀가 나오길 기다렸다. 오래지 않아 머리가 살짝 덜 마른 고영미가 스포츠 가방을 들고 자신의 차로 걸어오는 게 보였다.

"잠시 실례하겠습니다."

"누구…?"

그녀는 강산을 못 알아보는 것 같았다.

"아, 지난번에 백화 무당 소개로 만났던….."

"아, 그 탐정님! 그런데 여긴 무슨 일로…?"

강산은 멋쩍은 미소를 지었다.

"여쭤볼 게 있어서요."

"그래요? 그럼 일단 제 차에 타시죠."

강산이 어리둥절한 표정을 짓자 그녀가 미소를 지으며 말했다.

"제가 아직 점심 전이라 배가 고파서요. 식사 전이시면 같이 식사하면서 얘기할까요?"

"아, 네. 그러죠, 뭐."

얼떨결에 고영미의 차에 오른 강산은 차로 10분 정도 거리에 위치한 브런치 카페로 갔다. 그들 앞에 화려하게 세팅된 파스타와 샐러드 등이 차려졌다.

'지난번과 분위기가 완전히 다르네. 남편의 죽음에서 벌써 회복된 건가?'

"평소에 운동을 좋아하시나 봐요?"

"네, 남편도 없고 뭔가 집중할 게 필요해서요."

"그렇군요. 그런데 남편 김유천 씨가 카센터를 운영했다고 들었는데요. 벌이가 괜찮았나요?"

그녀는 이해가 안 간다는 듯 강산을 빤히 바라봤다.

"이제 와서 그런 게 무슨 소용이죠?"

강산은 멋쩍은 듯 뒷머리를 긁적였다.

"하하, 사소한 것 같아도 범인을 잡는데 필요해서 말씀드리는 겁니다."

"탐정님은 정말 귀신이나 악령의 존재를 믿지 않으시는군요. 아직도 범인을 찾아다니시는 걸 보면."

"어려운 질문이 아니라면 대답해 주시죠."

강산은 강렬한 눈빛으로 그녀의 눈을 마주했다.

"뭐 괜찮았어요, 그럭저럭."

"남편분이 예전에, 범죄에 가담했던 건 알고 계시죠?"

"그게 무슨 말씀이죠? 난 모르는 얘긴데."

강산은 앞에 놓인 파스타를 슬쩍 내려다본 뒤 고개를 들고 다시 말했다.

"그럴 리가요? 두 분이 처음 알게 된 것도 사기 사건 때문 아닙니까?"

강산은 태상에게 받은 정보로 그녀를 압박해 들어갔다. 고영미와 남편 김유천은 공범으로 사기를 저질러 각각 6개월과 1년을 복역한 기록이 있었다.

"그런 것도 다 찾아내시고 역시 대단한 분이시네?"

고영미는 흥미롭다는 듯 강산의 눈을 지그시 응시했다.

"뭘 원해요?"

갑자기 눈을 게슴츠레하게 뜬 고영미가 나른한 목소리로 물었다.

"재밌는 분이군요. 당신이 원하는 것과 같습니다. 남편분을 죽인 범인을 잡는 것!"

"정말 그것뿐인가요? 나에 대해서도 관심이 있는 것 같은데. 내

신상까지 캔 걸 보면. 남편 죽은 지 얼마 안 돼서 이런 관심을 받다니 당황스럽군요."

강산은 어이가 없었다.

"전 그냥 제 일을 하는 것뿐입니다. 분명히 말씀드리지만 당신같이 남편 죽음에도 눈 하나 깜짝하지 않는 여자는 제 스타일이 아니거든요."

"과연 그럴까요?"

고영미는 꽤나 자신만만한 눈빛으로 강산을 위아래로 훑었다.

'착각이 심하구만. 미인인 건 인정하지만 사람을 잘못 봤어. 난 미인보다는 사건에 훨씬 더 관심이 많거든.'

"오늘은 이쯤하고 가보겠습니다. 또 궁금한 게 생기면 다시 찾아뵙죠."

강산은 고영미에게 정중히 머리를 숙이고는 자리를 떴다.

●

사무실로 복귀한 강산은 미나에게 보고를 받았다.

"탐정님, 동남구치소에 가서 강서길을 만나봤는데요. 그 사람, 평소 나상욱과 알고 지내던 사이였어요."

"그래?"

강산의 눈이 반짝했다.

"둘 사이에 돈 문제와 여자 문제가 복잡하게 얽혀 있더라구요. 그래서 강서길이 계획적으로 나상욱을 죽인거구요."

"역시 흉가 사건들과는 관련이 없는 인물이구만, 나상욱은."

"제 생각도 그래요. 나상욱은 그냥 우연히 흉가에 다녀온 다음 죽은 것 같아요."

강산은 고개를 끄덕였다.

"좋았어. 그럼 우리는 흉가 주인이었던 기진규와 고영미의 남편 김유천, 그리고 목이 매달려 죽은 이영훈의 관계에 집중하면 되겠네."

강산은 말을 끝내자마자 사무실을 나와 자신의 에스유비 차량에 올랐다. 이번에는 목을 매 자살한 이영훈에 대해 알아보기 위해서였다. 이영훈의 남은 가족은 올해 스물두 살이 된 딸 이지나 뿐이었다. 강산은 그녀가 근무하는 태국요리 전문점으로 찾아갔다.

"브레이크 타임입니다."

강산이 태국풍 인테리어를 한 음식점 안으로 들어서자 젊은 여자가 하이톤의 목소리로 말했다.

"혹시 이지나라는 분 계신가요?"

"아, 전데요. 누구시죠?"

이지나는 경계의 눈빛으로 강산을 바라봤다. 강산은 자신의 신분을 밝히고 그녀와 함께 근처 커피숍으로 자리를 옮겼다.

"감사합니다. 시간 내주셔서."

"네, 하지만 잠깐뿐이에요."

"물론입니다."

강산은 바로 질문에 들어갔다.

"부친께서 돌아가시기 전에 사채업을 하셨던 걸로 아는데요?"

이지나는 작고 통통한 입으로 한숨을 푹 내쉬었다.

"그랬죠. 마음이 약해서 돈은 많이 못 벌었지만. 사채업자라고 다 떼돈을 버는 건 아니더라구요. 아빠가 왜 그 일을 시작했는지, 어쩌다 그런 쪽 사람들하고 어울리게 됐는지는 모르지만 적어도 저한테는 좋은 아버지였어요. 엄마 없이 혼자 절 키우느라 고생도 많이 하셨고요."

"그렇군요. 돈 못 버는 사채업자라…. 그런데 사망 전 이영훈 씨가 평소와 달랐던 점은 없었나요?"

"글쎄요. 그런 건 잘…. 확실한 건 스스로 목숨을 버릴 만큼 절망적인 상황은 아니었어요. 오히려 뭔가에 집중하는 눈치였는데…. 사채업은 빌려준 돈이 회수가 안 돼서 접을 생각이었던 것 같고요. 아…!"

그녀는 뭔가 생각난 듯 목소리를 높였다.

"이제 곧 큰돈이 들어올 거니까 사채업 같은 거 안 해도 저랑 평생 편히 살 수 있을 거라고 하셨어요. 좀처럼 허풍을 떠는 분이 아니라서 그땐 좀 의외라고 생각했죠."

"그게 대략 언제쯤이었죠?"

강산이 눈을 번뜩이며 물었다.

"돌아가시기 일주일쯤 전이요. 한 번은 술에 취해 집에 들어와서는 잘만 하면 여럿이 나눌 돈을 혼자서 차지할 수도 있겠다고 좋아했던 적도 있어요."

"그렇군요. 나눠야 할 돈을 독차지하게 되었다?"

강산의 머릿속이 복잡해졌다.

●

강산은 다시 태상을 사무실로 호출해 막바지 정보를 취합했다.

"태상아, 일단 기진규와 김유천, 그리고 이영훈이 벌인 범행을 확인해야 해. 그게 풀리지 않으면 이번 사건은 힘들어. 내 생각에는 10년 전에 세 사람이 큰일을 벌이고 잠적했던 것 같아. 아마도 완전범죄로 끝났겠지. 굉장히 큰 건이었을 거고. 당시 그들은 현금은 바로 나누어 갖고 나머지는 사건이 완전히 가라앉은 후에 나누기로 했을 거야. 장물의 경우 10년 정도는 썩혀야 안전할 테니까."

"네, 바로 찾아볼게요. 10년 전을 기점으로 미해결 상태인 절도 사건이나 금융 사건 위주로 확인하면 되죠?"

태상이 자료를 찾아 넘기면 강산은 기진규의 수법과 유사한 범죄를 추려냈다. 그렇게 두 시간 정도 지났을 때 강산이 번쩍 손을 들고 일어섰다.

"잠깐, 이거 같은데?"

태상과 미나가 동시에 강산 옆으로 모여들었다.

"10년 전 일어났던 동남은행 금고털이 사건. 범인이 셋이었고 모두 복면을 썼어. 사건 당일 CCTV에 찍힌 범인들의 모습이 우리가 찾는 세 사람의 신장과 비슷해. 그때보다 다들 살이 붙긴 했지만…. 당시 삼십억이 넘는 현금과 은행 내 개인 대여금고에 있던 100억 원 상당의 보석이 털렸는데 6개월 넘게 언론에 오르내렸지만 결국 미제사건!"

"아, 저도 그 사건 기억나요!"

"태상아, 이 CCTV 사진하고 우리가 확보한 세 사람 사진 모아서 정택수 영상 분석관에게 보내줘. 그럼 정확한 결과가 나올 거야."

"어머, 정택수 영상분석관도 아세요? 그분 요즘 TV에 자주 나오던데?"

미나가 깜짝 놀라 강산을 바라봤다.

"미나야, 나 동남서에서 가장 검거율 높은 형사였어. 강력반의 신화 안강산!"

태상이 자료를 보낸 지 반나절이 되지 않아 정택수 영상분석관에게서 답이 왔다. 답변은 간단했다.

세 사람 모두 동일인으로 판명.

"좋았어. 결국 이 셋이 대형 사건을 저지르고 잠적했다가 하나씩 죽어 나간 거구만. 근데 누가 왜 이런 짓을?"
강산은 이제 기진규의 유족을 찾아갈 차례라고 생각했다.

●

안타깝게도 도움이 될 만한 기진규의 가족은 아무도 없었다. 그는 보육원 출신으로 친척조차 없었다. 난감해진 강산은 기진규가 최근에 만났던 사람들을 찾아 헤매다 거의 매일같이 동네 선술집에 들렀다는 사실을 알아냈다. 혹시나 하는 마음에 강산은 홀로 그 선술집을 찾아갔다. 테이블 네 개에 마른안주와 골뱅이 소면, 치킨 등을 파는 허름한 곳이었다. 강산이 술집에 들어섰을 때는 초저녁이라 그런지 손님이 아무도 없었다.

"골뱅이 소면하고 닭 한 마리 튀겨주세요!"
무표정한 중년 여사장은 금세 안주를 내왔다.
"저기, 이 사람 아세요?"

강산은 기진규의 사진을 보여주었다.

"아, 알죠. 왜요?"

"얼마 전에 죽었다는 것도 아시나요?"

강산의 말에 선술집 여사장은 깜짝 놀랐다.

"그래요? 아…. 그래서 요즘 안 보였구나."

"이 사람 어떤 손님이었나요?"

강산의 질문에 선술집 여사장의 표정이 싹 바뀌었다.

"아이구, 말도 못 하게 귀찮은 손님이었어요. 술 먹으면 맨날 같은 소리만 하고."

"같은 소리요?"

강산은 앞에 놓인 골뱅이 소면을 젓가락으로 섞으며 무심히 물었다.

"자기 집 창고에 무슨 보물을 숨겨 놨다나 뭐라나, 흐흥…. 혼자서 먹고 싶지만 자긴 의리파라 그런 짓은 안 하고 약속한 날짜에 친구들이랑 오픈한다나 뭐라나? 어휴, 지겨워. 그 똑같은 레파토리…. 내가 하도 듣기 싫어하니까 카센터 다니는 우리 아들이 일 도우러 여기 왔다가 그 양반하고 주먹다짐까지 했다니까요."

"주먹다짐이요?"

"네, 그 후로는 뭐 호형호제하면서 잘 지내긴 했지만요. 그런데 우리 애가 왜 그 사람 죽은 걸 얘길 안 했지?"

강산은 잠시 생각에 잠겼다가 뭔가 생각난 듯 빠르게 물었다.

"혹시 아드님이 근무하는 카센터가 어딘가요?"

"에휴, 거기 얼마 전에 망했어요. 어? 그러고 보니까 거기 사장님도 갑자기 죽었다던데… 요즘 왜 이렇게 죽는 사람이 많아?"

그녀의 말에 강산은 회심의 미소를 지었다.

●

강산은 미나, 태상과 함께 막바지 사건 정리를 했다.

"역시 선술집 사장 아들이 다니던 카센터는 고영미 남편이 운영하던 동남카센터였어. 태상아, 고영미와 카센터 직원 김도현 사이에 메신저나 메일, 톡 주고받은 거 있나 찾아봐 줘. 미나는 지금부터 고영미 미행 시작하고. 만약 고영미가 김도현과 접촉하면 바로 나한테 연락 줘."

"네, 탐정님!"

미나는 바로 출발했고 태상은 사무실 소파에 노트북을 내려놓고 빠르게 고영미와 김도현 사이의 연결고리를 찾아나갔다.

"어? 탐정님, 이 두 사람 관계가 좀 이상한데요?"

"그럴 줄 알았어!"

강산은 태상 옆으로 가 그가 찾은 자료를 들여다보았다.

"둘이서 보석을 처분할 곳을 찾고 있구만."

"네, 주로 인터넷에서 활동하는 장물아비와 접촉하고 있어요. 그런데 이 두 사람한테 이 많은 보석이 어떻게 들어간 거죠?"

"기진규 일행이 10년 전 동남은행에서 훔친 것들을 이 두 사람이 다시 훔쳤겠지. 그 흉가에서 말이야. 그 과정에서 기진규와 이영훈, 김유천은 모두 제거된 거고."

강산은 맥이 빠지는 듯 깊은 한숨을 내쉬었다.

●

저녁이 되자 미나에게 연락이 왔다. 동남카센터 직원이었던 김도현이 고영미의 자택에 들어갔다는 내용이었다. 강산은 태상에게 사무실을 맡기고 부리나케 고영미의 집으로 달려갔다. 고영미는 마뜩잖은 얼굴로 강산과 미나를 집안으로 들였다.

"이거 죄송합니다. 급히 여쭤볼 게 있어서 연락도 없이 왔습니다."

강산은 어색한 분위기로 소파에 붙어 앉은 고영미와 김도현을 여유롭게 내려다보았다.

'처음 이 집을 방문했을 때 나와 스쳤던 녀석이 역시 김도현이었군!'

"무례하시군요, 정말. 이쯤 하면 됐으니까 이제 그만하시죠. 내가 범인을 잡아달라고 한 것도 아니고 악귀한테 죽은 남편 천도제

지내주려다 이게 무슨 꼴이야? 내가 백화님 통해서 수고비 두둑이 드릴 테니까 당장 그만둬요!"

"아니요. 그러실 필요 없습니다. 제가 범인을 잡았거든요, 하하."

미나는 그대로 서 있고 강산은 고영미와 김도현의 맞은편 소파에 앉았다.

"이봐요, 아저씨! 남의 집에 약속도 없이 찾아와서 뭐 하는 거야?"

김도현이 위협하듯 상체를 내밀고 소리치자, 고영미가 만류했다.

"일단 집에 찾아온 손님이니 얘기나 들어보자고."

"좋습니다. 그럼, 제가 이야기를 시작해 볼까요?"

강산은 두 사람을 한 번씩 날카롭게 쳐다본 뒤 입을 열었다.

"지금쯤 동남서 형사들이 김도현 씨 자택을 뒤지고 있을 겁니다. 기진규, 김유천, 그리고 이영훈을 죽인 증거를 찾으려고 말이죠."

"참내, 이 아저씨가 뭘 잘못 먹었나?"

성격 급한 김도현이 강산의 멱살을 잡으려고 쭉 손을 뻗자, 강산 옆에 서 있던 미나가 순식간에 그의 팔목을 낚아채 비틀어버렸다.

"팔 부러지기 싫으면 얌전히 있는 게 좋을 거다!"

미나가 가볍게 김도현을 자리에 앉혔다. 호리호리한 겉모습과 달리 강한 완력과 무술 실력을 가진 미나에게 완전히 제압당한 김도현은 멍한 얼굴로 다시 소파에 앉았다.

"제가 이미 김도현 씨가 흉가에 드나들었던 것과 카센터에서 사장 김유천의 자동차에 손을 댄 것, 그리고 이영훈의 뒤를 쫓아 야산에 올라간 것까지 CCTV 영상을 확보했습니다. 흉가 앞 도로 CCTV와 이영훈의 자택 근처 CCTV 영상은 확보하느라 꽤 고생했습니다만 카센터는 의외로 쉽더군요. 카센터가 바로 사거리를 끼고 있어서 당신이 사장 김유천의 차에 손을 대는 게 도로 CCTV에 모두 찍혔거든요."

"뭐, 뭐라는 거야?"

김도현은 말로는 부정했지만, 목소리도 떨리고 눈빛도 흔들렸다.

"이 모든 것은 아마도 죽은 세 사람의 원죄로부터 시작되었을 겁니다. 그들은 10년 전 동남은행을 털고 다량의 현금과 보석을 탈취했습니다. 의외로 의리가 있었던 세 사람은 현금을 나누어 갖고 잠적, 약속한 10년 뒤 사람들이 찾지 않는 흉가에 다시 모이기로 했습니다. 거기에 훔친 보석을 숨겨놨으니까요. 그들의 리더격인 기진규는 아예 흉가를 사들여 옛 친구들을 맞을 준비를 했죠. 하지만 그의 가벼운 입이 문제였습니다."

강산은 잠시 김도현을 쏘아보고는 말을 이었다.

"기진규는 술집에서 술에 취해 내뱉은 말 때문에 술집 사장의 아들과 싸움까지 벌였지만 대신 좋은 동생을 얻었습니다. 바로 김도현, 당신이었습니다. 마침 당신은 기진규의 옛 동료인 김유천의 카센터 직원이었습니다. 그렇게 친분을 이어가던 중 당신은 기진규가 술김에 한 말이 거짓이 아니라 실제로 엄청난 보석이 흉가 어딘가에 존재한다는 걸 알게 되었습니다. 아마도 고영미 씨에게 들었겠죠. 그래서 당신은 기진규를 죽였습니다. 처음엔 기진규만 없애면 쉽게 보석을 독차지할 수 있을 거라고 생각했겠죠. 하지만 의외의 상황이 벌어졌습니다. 기진규의 옛 동료 두 명이 움직이기 시작한 겁니다. 그것도 매우 빠르게. 마음이 급해진 당신은 기진규가 말했던 창고를 뒤졌지만 거기에는 아무것도 없었습니다. 창고뿐 아니라 집안 어디에도 보석은 보이지 않았습니다. 그러던 중 이영훈이 흉가에 찾아왔고 마당에 묻혀 있던 보석을 먼저 찾아내고 말았습니다."

"얘기를 참 잘 만들어 내시는군요."

고영미가 고개를 한쪽으로 꼬고 강산을 비웃었다.

"참 뻔뻔하시군요. 이 모든 걸 지시한 사람이 바로 고영미 당신 아닙니까? 아무튼 김도현 씨는 고영미 씨의 사주를 받아 이영훈에게서 보석을 빼앗은 후 그를 죽였습니다. 물론 스스로 야산에서 목을 맨 것처럼 꾸미고 말이죠. 그런데 여기서 또 문제가 생깁니다. 여기서부터는 고영미 씨가 잘 아실 것 같은데요?"

강산은 고영미를 뚫어지게 쳐다보며 자리에서 일어났다.

"남편 김유천이 당신 둘의 관계를 눈치챈 겁니다. 하지만 두 사람이 보석까지 차지한 줄은 미처 몰랐겠죠. 흉가를 찾아갔던 김유천은 때마침 자동차가 폭발해 사망했습니다. 물론 김도현 당신이 미리 조작을 해놓은 상태였고요."

강산은 미나를 시켜 태상에게 받아온 자료를 보여주었다.

"이건 그동안 두 사람이 범행을 모의하며 나눈 대화 내역과 CCTV에 찍힌 영상입니다. 이영훈에게 보석을 빼앗은 후 산을 올라가는 장면도 고스란히 찍혔더군요. 이래도 범행을 부인하겠습니까?"

강산의 말에 고영미와 김도현은 도망이라도 치려는 듯 벌떡 일어났지만 이미 동남서 경찰들이 집안으로 진입하고 있었다.

●

사건이 마무리된 후 강산은 미나, 태상과 함께 태국 요리 전문점을 찾았다. 이영훈의 딸 이지나가 지배인으로 있는 식당이었다.

"어머, 어서 오세요."

강산을 알아본 이지나가 창가 자리로 안내했다. 미나가 강산의 얼굴을 빤히 쳐다봤다.

"어머, 탐정님 태국 요리도 드실 줄 아세요?"

"미나야, 나 미식가야."

강산의 말에 태상과 미나가 킥킥 웃었다.

"하참, 얘들이 사람 무시하네."

"네네, 어련하시겠어요. 그런데 탐정님, 고영미하고 김도현 집에서 뭐가 나왔대요?"

"응, 범행에 사용했던 장갑이랑 보석이 고스란히 나왔나 보더라."

"와, 완벽한 증거가 나왔네요. 그런데 씻김굿까지 하려고 했던 건 너무 가증스럽지 않나요?"

태상의 작은 눈이 안경 속에서 이글거렸다.

"그렇지. 고영미 말로는 시골에 사는 시어머니 때문에 백화신당을 찾아갔다고 하는데, 어쩌면 좀 더 흉가와 관련된 사건임을 강조하려고 오버했던 걸 수도 있겠지."

"참내, 어이가 없네요."

미나가 고개를 절레절레 흔들었다. 강산은 화제를 돌렸다.

"아무튼 이번 사건 해결하느라 고생들 많았다. 뭐든 말만 해, 다 사줄 테니까."

"어머, 정말요?"

미나는 금세 얼굴이 밝아져 자신이 알고 있는 태국 요리를 모두 주문했다. 테이블이 금세 가득 찼다.

"미나야, 너 이걸 다 먹을 수 있겠어?"

"남으면 포장해 가면 되죠. 이거 전부 제가 좋아하는 것들이에요. 똠양꿍, 팟타이, 뿌빳퐁커리, 공심채, 뭐 하나 놓칠 수가 있어야죠? 탐정님, 저 미식가인 거 잊으셨어요?"

잠자코 있던 태상이 불쑥 끼어들었다.

"미나 넌 미식가가 아니라 대식가겠지. 어휴, 난 보기만 해도 벌써 현기증이 난다."

"무슨 소리! 오늘 밤새 마실 거 생각하면 이걸로 부족하다고. 아직 주문할 요리 많이 남았으니까 천천히 맛있게 즐기세요."

강산과 태상, 미나는 기분 좋게 웃으며 태국 요리의 짙은 맛을 만끽하기 시작했다.

사람을 죽이는
저주 굿의 비밀 /

깊은 밤, 적막에 싸인 용화산 깊은 숲속에서 사람의 비명이 터져 나왔다.

"크억!"

이어서 범행을 저지르고 도망치는 범인의 다급한 발소리가 들렸다.

"네가… 나를…!"

나무에 매달려 죽음을 맞는 수라 보살의 마지막 눈길이 살인자가 도망간 숲을 훑고 있었다. 살아나서 복수를 하리라 다짐하며 발버둥 쳤지만, 수라 보살의 숨은 금세 끊어지고 말았다. 피 맺힌 두 눈을 부릅뜬 채였다.

•

늦은 오후의 탐정사무소, 강산은 사무실 소파에 앉아 미나가 사 온 호떡을 먹고 있었다.

"웬 호떡이냐? 요즘 보기 힘든데…."

"제가 이거 사려고 저 아래 있는 시장까지 다녀왔잖아요? 옛날 방식으로 하는 집이라 맛있을 거예요."

"하하, 그렇구나. 내가 원래 호떡 별로 안 좋아하는데 이건 맛있어서 절로 손이 가는구나!"

강산이 호떡 하나를 다 먹고 다른 호떡에 손을 대려는데 사무실 문이 열렸다. 미나가 빠르게 테이블에 있던 호떡을 수습하고 자신의 자리로 돌아갔다. 그사이 의뢰인 둘이 사무실 안으로 들어왔다.

"여기가 안강산 탐정사무소인가요?"

의뢰인은 젊은 여자와 중년 남자였는데 약간 앞서 들어온 여자 쪽이 물었다. 여자는 긴장한 듯 얌전한 걸음이었고 남자는 신발을 바닥에 살짝 끌며 걸었다. 강산은 자리에서 일어나며 맞은편 소파를 권했다.

"네, 맞습니다. 제가 안강산입니다. 일단 이리로 앉으시죠."

강산은 의뢰인들이 자리에 앉는 것을 유심히 관찰했다.

'둘 다 눈빛이 슬픔에 젖어있구나. 여자는 사회 초년생 정도로 보이고 남자는 손마디를 보니 사무직보다는 밖에서 일하는 사람 같고….'

생각을 마친 강산은 의뢰인들에게 질문을 던졌다.

"그런데 저희 사무실에는 무슨 일로…?"

이번에도 여자 의뢰인 오지영이 나섰다.

"저희 언니가 용화산에서 죽었어요. 경찰에 신고했는데 한 달이 넘도록 별 진척이 없는 것 같아서요."

"그렇군요. 어떻게 돌아가셨나요?"

무거운 마음이었지만 강산으로서는 물어볼 수밖에 없는 질문이었다. 의뢰인들은 잠시 머뭇거렸고 그사이 미나가 뜨거운 차를 내왔다. 의뢰인 오지영은 차를 한 모금 마시고 입을 열었다.

"언니가 무당인데 굿을 하러 용화산에 갔다가 나무에 사지가 묶여서 날카로운 은색 십자가에…. 흐윽…."

오지영과 같이 온 의뢰인 김진호가 소파 앞 테이블에 있는 티슈를 빼 조용히 그녀에게 건넸다. 강산은 그녀의 눈물이 멈추기를 기다렸다가 다음 질문을 던졌다.

"그런데 두 분은 어떤 사이신지…?"

강산이 빠르게 두 사람을 훑었다. 김진호가 두툼한 입술을 무겁게 움직였다.

"제가 죽은 사람 남편입니다. 하필 제가 지방에 출장 갔을 때 이런 일이 벌어지고 말았습니다. 출장만 아니었으면 제가 동행했을 텐데…."

"그렇군요. 그런데 지방에는 무슨 일로 가셨나요?"

"제가 포클레인 기사인데 지방에 공사가 있어서 거기로 출장을 갔었습니다."

강산은 알겠다는 듯 고개를 끄덕였다.

"혹시 부인께 원한을 품은 사람이 있었을까요?"

"글쎄요…. 제가 알기로는 없습니다."

그 사이 눈물을 닦은 의뢰인 오지영이 고개를 저었다. 옆에서 김진호도 같이 고개를 내저었다.

"그렇군요. 일단 사건 접수하겠습니다. 의뢰인 조사서 작성하시고 댁으로 돌아가시면 제가 사건 진행 상황을 알려드리도록 하겠습니다."

강산은 미나가 가져온 의뢰인 조사서를 테이블 위에 내려놓았다. 의뢰인들은 정성 들여 조사서를 작성하고 돌아갔다. 미나가 다시 호떡 봉지를 들고 테이블로 와 강산에게 권했다.

"너 다 먹어. 나는 식욕이 없어졌다."

미나는 호떡 하나를 입에 물고 막 들어온 사건에 대해 자신의 의견을 말했다.

"무당이면 원한 살 일이 많지 않나요?"

"그런가?"

강산은 다른 생각에 빠진 듯 무심하게 되물었다.

"그렇잖아요? 무당이라는 게 눈에 보이지 않는 걸 이야기하는 직업이잖아요? 눈으로 확인이 안 되니까 서로 오해가 생기고 그러다 보면 원한도 생기고, 뭐 그런 거 아닐까요?"

무표정하던 강산의 얼굴에 미소가 어렸다.

"우리 미나가 먹을 거에만 관심이 있는 줄 알았더니 제법이구나. 그래, 미나 네 말도 일리가 있다. 있어."

강산은 미나에게 향했던 시선을 거두고 자리에서 일어났다. 의뢰인 조사서를 손에 든 강산은 좁은 사무실을 끊임없이 서성였다.

•

다음 날 강산은 미나, 그리고 해커 태상을 불러 함께 용화산에 올랐다. 산 곳곳에 눈이 쌓여 오르기 힘들었지만, 누구 하나 불평하지 않았다. 그저 묵묵히 오를 뿐이었다.

"탐정님, 저긴가 본데요? 아직도 폴리스라인이 남아 있어요!"

눈이 좋은 미나가 저 멀리 소나무 군락지에 있는 폴리스라인을 용케 발견했다. 강산이 빠른 걸음으로, 그곳으로 갔고 미나, 태상도 뒤를 따랐다.

"폴리스라인만 엉성하게 있지 별 흔적은 없네요?"

태상이 흐트러진 폴리스라인 주위를 두리번거리며 혼잣말처럼 물었다.

"당연하겠지. 경찰이 이미 다녀갔고 40여 일 전에 일어났던 사건이니까."

"그러게요. 그런데 여기서 범행을 저질렀으면 계획적인 거 아닌가요?"

미나가 눈을 반짝이며 유독 하늘 높이 솟은 소나무 한 그루를 올려다봤다. 강산은 주머니에서 핸드폰을 꺼내 동남서 홍정화 형사에게 받은 사건 사진을 확인했다. 홍정화는 강산의 형사 시절 후배로 사건이 있을 때마다 강산과 서로 협조를 하는 관계였다.

"지금은 눈이 와서 헷갈리기는 한데…. 아마도 태상이 뒤쪽에 있는 저 큰 나무에 묶여서 죽임을 당한 것 같구나. 수령 100년이 넘는 소나무라고 했으니까 아마도 저게 맞을 거야."

태상이 돌아서서 높다랗게 뻗은 고목을 올려다보았다.

"그런데 탐정님, 왜 범인은 십자가로 무당을 죽였을까요? 무슨 상징 같기도 하고…. 이상한 느낌이에요."

"범상치 않은 녀석이 범인일 가능성이 높아. 일단은 피해자가 지니고 있던 핸드폰이나 카드, 현금 등을 그대로 둔 걸로 봐서 우발

적이거나 금품을 노린 범행은 아닐 거야. 미나가 어제 말했던 대로 원한일 가능성이 높겠지. 게다가 굳이 십자가를 날카롭게 갈아서 사람을 죽인다는 건 아무나 할 수 있는 일이 아니까."

미나가 눈을 매섭게 떴다.

"굉장히 사악하고 독한 놈이 범인인 것 같아요. 꼭 잡고 싶어요!"

"그래, 우리 꼭 잡자. 그런데 빨리 내려가야겠구나. 하늘이 흐려지는데?"

강산은 서둘러 미나, 태상을 데리고 산을 내려왔다. 산 아래 주차장에서 차를 출발시킬 때쯤 눈이 펑펑 내리기 시작했다.

●

"어머, 웬일이세요? 탐정님이 저랑 술을 한 잔 다 하자고 하시고?"

백화는 눈 오는 저녁 뜬금없이 전화를 걸어 족발집으로 불러낸 강산을 미심쩍은 듯 바라봤다. 백화는 동남시에서 제법 이름난 무당이었다.

"눈도 오고 해서 한잔하자는 거지. 백화 너랑 이렇게 단둘이서 마시는 것도 오랜만이잖아? 일단 한잔할까?"

강산은 백화에게 술을 따라주고 자신의 잔에도 술을 따라 날름 마셨다. 백화는 마시지 않고 강산을 쳐다보기만 했다. 그녀의 입가에 묘한 미소가 번졌다.

"뭐야? 왜 안 마셔? 족발 안주가 마음에 안 들어서 그래? 여기 맛집이라고 소문 난 곳이야. 이거 앞다리라 맛이 좋은데. 더 좋은 데로 옮길까?"

강산은 평소답지 않게 두서없이 말을 쏟아냈다.

"그게 아니라…. 나는 혹시 눈도 오고 해서 정말 저를 보고 싶어서 전화하셨나 했는데, 눈빛을 보니까 그게 아닌 것 같네요? 탐정님도 사람 살피는 직업이지만 저도 마찬가지라구요."

강산은 멋쩍은 듯 씨익 웃어 보였다.

"실은 말이야, 내가 사건을 하나 맡았는데…."

강산은 최근 일어난 사건과 수라 보살에 대해 백화에게 설명했다. 백화는 그 사건도 수라 보살도 이미 알고 있는 눈치였다.

"아, 그 사건 맡으셨구나."

백화는 말을 아끼며 소주를 두 잔 연속 마셨다.

"안주도 먹어. 앞다리 맛있다니까."

강산은 맛있는 부위를 집게로 집어 백화의 접시에 놓아주었다. 백화는 못 이기는 척 한 점 먹고는 감탄했다.

"오, 이 집 정말 맛있네요. 그런데 그 수라 보살, 우리 업계에서 평이 무척 안 좋은 무당이에요."

강산의 눈이 번쩍 뜨였다.

"왜지?"

"사람 죽이는 굿을 하거든요. 저주 굿 말이에요."

"뭐라고?"

강산은 믿기지 않는 듯 빠르게 눈을 깜빡거렸다.

"아니, 요즘도 그런 굿을 해? 조선시대도 아니고?"

백화는 대답없이 고개를 끄덕이다 목소리를 낮춰 말했다.

"그런데 재밌는 건 그 수라 보살 저주가 제법 먹힌다는 거예요. 다른 무당들은 실력도 없는 게 운이 좋다고 수군대고요. 수라 보살조차도 저주 굿이 의외로 잘 먹히자 좋아하면서도 신기해한다고 하더라고요."

"하, 이거 참…. 그럼 실제로 수라 보살이 굿을 한 사람 중에 죽은 사람이 있다는 거야?"

"그럼요, 하나도 아니고 서넛 되는 것 같던데요?"

강산은 머리가 지끈거리는지 이마를 짚었다.

"그게 말이 되나?"

"무당 세계에서는 말이 되지만 현실에서는 받아들이기 힘들겠죠. 특히 강산 오라버니처럼 논리와 증거의 세계에 사는 사람한테는요."

"말이 된다고 해도 그걸 행하는 건 금기 아닌가? 무당들 사이에서도."

백화는 당연하다는 듯 턱을 바짝 당기고 눈을 부릅떴다.

"그렇죠. 그런데 돈에 현혹된 무당들이 가끔 그런 짓을 저지른답니다. 수라 보살처럼 대부분 그 끝이 좋지 못하고요. 이렇게 목숨을 잃거나 저주 굿으로 번 돈을 다 잃거나 정신이 이상해지거나 그렇죠."

"그렇구나…."

백화의 말을 듣고 보니 더더욱 원한에 의한 살인일 가능성이 높을 거라 강산은 생각했다.

●

다음 날 강산은 의뢰인 김진호를 찾아가 그와 함께 수라 보살이 운영했던 신당으로 향했다. 신당은 수라 보살이 죽기 전 그대로 보존되어 있었다.

"여기서 점사를 본 거군요?"

김진호는 잠을 잘 자지 못하였는지 약간 부은 얼굴로 신당에 모셔진 여러 신들을 멍하니 바라봤다.

"김진호 씨는 신당에는 잘 안 나오시나 봐요?"

"네, 아무래도 일도 바쁘고 지방 출장이 많아서요. 그리고 무당하고 같이 살긴 하지만 저는 신을 믿지 않는 사람입니다."

"아, 그러시군요. 그래도 여기에 와본 적은 있으시죠?"

"당연합니다. 시간 날 때 산기도 가는 것도 도와주고 신당 일을 도운 적도 있습니다."

강산은 신당을 살피고 손님 대기실도 훑어보고 뒤쪽에 붙어있는 살림방도 확인했다. 살림방은 작은 침대와 옷장, 나무 책상 하나가 전부인 단촐한 방이었다.

"여기 책상도 있네요. 혹시 컴퓨터가 있었나요? 컴퓨터 연결선이 보이는데…."

"아, 네. 경찰이 증거 수집한다고 가져갔습니다."

빈 책상을 물끄러미 바라보던 강산은 김진호를 향해 고개를 돌렸다.

"수라 보살이 집에는 잘 들어갔나요?"

"네, 제가 지방에 가 있을 때는 여기서 자기도 하는 것 같은데 제가 집에 있을 때는 꼭 집에 와서 같이 있었습니다."

강산의 시선이 다시 책상으로 옮겨졌다.

"저 책상 조금만 더 살펴봐도 될까요?"

"아, 그럼요."

강산이 책상 서랍을 열자 그 안에는 여러 잡동사니와 함께 고객 명단이 적힌 노트가 있었다.

"이건 경찰이 안 가져갔네요?"

"네, 그 노트는 가져가지 않고 고객 명단만 촬영해 가더라구요."

강산은 의뢰인 김진호의 허락을 받아 고객 노트를 챙겨 신당을 나왔다.

●

사무실로 돌아온 강산은 미나, 태상을 소파에 앉히고 지금까지 자신이 얻은 정보를 공유했다.

"어머 어머, 사람 죽이는 굿을 하는 무당이었구니!"

"그럼, 고객 명단을 면밀히 조사하는 게 순서겠네요?"

"그렇지. 태상이가 그 명단에서 비중 있어 보이는 사람들을 추리고, 실제로 그 저주 굿 때문에 죽은 사람이 누구인지도 확인해 줘. 쉽지 않은 일이니까 미나가 돕도록 하고."

강산의 지시에 미나와 태상은 각자의 자리로 가 일을 시작했다. 강산은 답답한 마음에 밖으로 나와 사무실 근처 공원을 걸었다.

'사람을 죽이는 굿을 일삼던 무당이 십자가에 찔려 죽임을 당했다. 동료 무당들도 싫어하던 사람이니 누군가의 원한을 샀을 가능성이 매우 높다…'

강산이 한참 사건 생각에 빠져 있는데 모르는 번호로 전화가 왔다. 강산은 잠시 멈칫했다가 전화를 받았다.

"네, 안강산입니다."

전화를 받자마자 수화기 저편의 상대가 거만한 목소리로 말했다.

"나 동남서 김오곤 형사입니다. 탐정님, 수라 보살 사건 맡으셨다죠?"

김오곤은 예전에 홍정화 형사를 통해 얼핏 본 적 있는 인물이었다.

"그런데요?"

"아, 내가 지금 그 사건 거의 다 해결했으니까 괜히 여기저기 들쑤시고 다니지 말라고요. 용의자가 눈치채고 도주하면 곤란하니까."

"오호, 그렇군요. 거의 다 해결하셨군요. 그래서 용의자가 누굽니까?"

강산의 질문에 김오곤은 대답하지 않았다.

"그건 알려줄 수 없고…. 아무튼 내가 저주 굿으로 죽은 사람들하고 무당하고 통으로 다 수사했으니까 이제 곧 끝날 겁니다. 그러니까 그대로 멈추세요, 안강산 씨는."

"하하, 갑자기 어렸을 때 하던 놀이가 생각나는군요. 얼음땡이라고. 저보고 얼음이 되라는 말씀이신 것 같은데, 그렇게는 못 합니다. 저도 엄연히 의뢰인의 의뢰를 받은 사람입니다. 그럼, 이만."

강산은 바로 전화를 끊었다.

"서로 협조를 해도 모자랄 판에 사건에서 손을 떼라고? 어쩌다 동남서가 이렇게 됐나 몰라."

강산은 심호흡을 하고 다시 공원을 돌기 시작했다.

●

시간은 빠르게 흘러 저녁이 되었다. 강산은 하루 종일 눈이 빠지게 컴퓨터를 들여다본 미나, 태상을 데리고 사무실 근처 회전초밥집으로 갔다. 그들은 강산을 중심으로 나란히 바 자리에 앉았다.

"오늘 고생했으니까 접시 색깔 상관하시 말고 실컷 먹어라."

"감당하실 수 있으려나?"

미나가 소매를 걷어붙이고 주로 검은색 접시에 올려진 초밥만 쏙쏙 골라 무서운 속도로 먹어 치웠다. 태상은 일 이야기를 꺼냈다.

"탐정님, 일단 오늘은 수라 보살 리스트에 있는 고객 중에 충성 고객 명단을 따로 뽑아봤어요. 내일은 그 사람들 중에 실제로 죽음의 굿이 먹힌 사람이 있는지 알아볼게요."

"그래, 좋아. 태상이도 이제 초밥 좀 먹어라."

"네, 탐정님도요."

강산과 태상도 슬슬 시동을 걸고 초밥을 먹기 시작했다. 어느 정도 배를 채운 미나가 옆에 앉은 강산을 쳐다보며 수라 보살에 대해 이야기했다.

"그런데 탐정님, 수라 보살이 저주를 걸어 죽은 사람이 실제로 있다면 어떻게 되는 거죠? 그것도 범죄에 해당하나요?"

"글쎄, 설혹 그 저주가 정말 통했다고 해도 현대의 법은 그런 걸 범죄의 범주로 넣지는 않을 거야. 왜냐하면 주술이나 저주 따위가 실제로 상대에게 해를 끼치거나 죽일 수 있는 힘을 가지고 있다고 인정하지 않으니까. 저주와 죽음 사이의 상관관계를 증명할 방법도 없고. 아주 옛날에는 달랐을 수도 있지만."

"현대사회에서는 무당이나 주술사의 저주를 누군가의 죽음을 불러일으키는 원인으로 안 본다는 거지."

태상이 강산의 말에 덧붙였다.

"나는 그런 사람들도 처벌했으면 좋겠는데…"

미나는 아쉬운 듯 쩝 입맛을 다시고는 다시 초밥에 집중했다.

●

태상과 미나가 열심히 뛰어준 덕분에 강산은 드디어 수라 신당을 드나들던 사람들의 주요 정보를 얻을 수 있었다. 태상, 미나에게 일을 맡긴 지 3일 만이었다.

"너희들이 조사한 바에 의하면 실제로 수라 보살이 저주 굿을 해서 죽은 사람이 셋이나 있다는 거네? 그 신빙성은 믿지 못하겠지만."

"네, 한 사람은 올봄에 교통사고로 죽고 그다음 사람은 여름에 물에 빠져 죽고 마지막 한 사람은 최근에 산에서 굴러떨어져 죽었어요."

태상이 노트북에 요약한 자료를 보며 강산에게 보고했다.

"계절마다 한 사람씩 보낸 셈이구나. 그런데 수라 신당이 잘 되던 곳이었으니까 이런 저주 굿을 맡긴 사람이 이 세 사람뿐만은 아니었을 텐데?"

"그렇죠. 다섯 번 정도 저주 굿을 하면 그중 한 명꼴로 뜻을 이루는 확률인 것 같더라구요."

강산은 기가 막힌 듯 혀를 찼다.

"허, 20%의 확률을 가진 합법적 킬러라도 된단 말인가? 내 생각에는 분명히 내막이 있을 거야."

"만약 진짜로 저주가 통했다면요?"

미나의 질문에 강산은 빤히 그녀를 바라봤다.

"미나야, 정말 그런 의심이 든다면 너는 여기 탐정사무소가 아닌 백화 신당으로 이직해야 할 것 같구나."

"아니, 말이 그렇다는 거죠. 탐정님 말씀 참 섭섭하게 하시네요? 저는 죽어서도 여기 안강산 탐정사무소에 머무를 거라구요."

"한 품은 귀신이 돼서?"

조용하던 태상이 장난스럽게 끼어들었다.

"그래, 내가 태상 오빠 옆에 딱 붙어있을 거다!"

미나와 태상이 투덕거리는 사이 강산은 사건 생각에 몰두했다.

'이거 생각보다 큰 사건 같은데…. 세 명이나 저주 굿을 한 후 죽었으면 그건 우연이 아니라는 건데…. 그렇다면 수라 보살의 저주가 정말 먹히기라도 했다는 건가? 설마….'

강산의 머릿속이 복잡해졌다.

●

강산은 동남서 홍정화 형사에게 전화해 수라 보살과 관련 있는 세 건의 사망사고 기록을 부탁했다. 강산이 김오곤 형사와 통화한 일을 이야기하자 홍정화가 강산을 위로했다.

"그 사람 원래 그런 스타일이니까 신경 쓰지 마세요, 선배님. 여기 동남서에서도 돌발행동 하는 걸로 유명해요."

"네가 중간에서 불편한 건 아니고?"

"저 홍정화예요. 서장님한테도 들이대는 홍정화라구요. 저 잊으셨어요?"

"하하, 그래 맞아. 너 홍정화지!"

강산은 기분 좋게 전화를 끊고 자료를 기다렸다. 홍정화는 두 시간도 안 돼 세 건의 사망사고 기록을 전송해 주었다. 강산은 사무실 책상에 앉아 찬찬히 기록을 읽어 내려갔다.

"5월에 교통사고로 죽은 조연성은 생활이 방탕한 사업가였고, 7월에 물놀이 사고로 사망한 박길선은 남편과 이혼 문제가 있었고, 10월에 산행을 하다 추락사한 고일례 할머니는 며느리와 말다툼하고 나간 뒤 그렇게 되었고…."

기록을 다 살핀 강산은 소파에서 일어나 창가로 걸어갔다.

'교통사고, 물놀이 사고, 단순 실족사…. 세 건 모두 사망한 사람들의 부주의로 일어난 사고 같지만, 전후 상황으로 봤을 때 아닐 수도 있다. 세 사람 다 아내, 남편, 며느리와 큰 갈등이 있었고 저주 굿의 대상이 된 사람들이다. 정말 굿 때문에 이렇게 되었을 리는 없고….'

강산은 머리가 무거운 듯 목을 좌우로 돌려 풀고는 나직한 목소리로 중얼거렸다.

"아무래도 저주 굿을 부탁한 장본인들을 만나봐야겠구만!"

•

　강산은 저주 굿을 의뢰해 자신들의 뜻을 이룬 세 사람을 한자리에 불러 모았다. 사무실 근처 한적한 커피숍이었다.

　"이렇게 수사에 적극 협조해 주셔서 감사합니다."

　강산은 깍듯이 인사하고 긴 테이블에 나란히 앉은 그들의 면면을 살폈다.

　'맨 왼쪽에 앉은 여자가 사업가 남편을 상대로 저주 굿을 한 이선정, 중앙에 앉은 사람이 이혼 문제로 와이프에게 저주 굿을 한 오성구, 오른쪽에 앉은 젊은 여자가 시어머니 저주 굿을 한 안소영이구나…'

　상대를 모두 파악한 강산은 본격적으로 이야기를 꺼냈다.

　"세 분 모두 저주 굿을 했던 걸로 아는데, 사실인가요?"

　"네."

　남편 저주 굿을 한 이선정이 소리내어 대답하고 나머지 두 사람은 고개만 끄덕였다.

　"그렇군요. 살다보면 죽이고 싶을 정도로 미운 사람이 있기 마련이니까요. 그런데 저주 굿이 정말 이루어졌을 때 어떤 기분이었는지 궁금하군요. 모두 기쁘셨나요?"

　사람들의 표정이 어두워졌다.

"아, 여러분을 비난하려고 물은 건 아닙니다. 기분 나쁘셨다면 죄송합니다. 개인적으로 조금 궁금했거든요. 아무튼 본론을 말씀드리자면 세 분 모두 저주 굿이 정말 효험을 발휘했다고 생각하시는지요?"

강산이 세 사람에게 날카로운 눈빛을 쏘며 물었다.

"그냥 우연 아닐까요?"

이혼을 안 해주는 아내에게 저주 굿을 한 오성구가 덤덤하게 대답했다.

"네, 그럴 수도 있겠죠. 혹시 타살이라고는 생각 안 해보셨나요?"

강산의 도발적인 질문에 모두의 표정이 확연히 굳어졌다.

"무슨 말을 하고 싶으신 거지요?"

남편에게 저주 굿을 해 사고로 죽게 한 이선정이 발끈하고 나섰다. 그녀는 통통한 얼굴 살이 출렁거릴 정도로 큰소리를 냈다.

"아, 흥분하지 마시구요. 저는 그저 가능성에 대해 여쭤본 겁니다. 혹시 그런 생각을 해본 적은 없으셨나 해서요."

강산은 알고 있었다. 혹여 그런 생각을 했더라도 이 자리에서 그것을 발설한 사람은 없으리란 것을. 하지만 다음 이야기를 이끌어내기 위해 그들의 감정을 동요시킬 필요가 있었다.

"그럼, 주변에 수라 보살에게 원망이나 앙심을 품은 사람은 말씀해 주실 수 있을까요? 제가 듣기로 지금 모인 세 분은 운 좋게 뜻을 이뤘지만 그렇지 못한 분들이 더 많은 걸로 아는데요. 제 생각에 그분들 대부분은 여기 계신 분들의 성공 사례를 듣고 수라 보살에게 저주 굿을 부탁했으리라 여겨집니다. 여러분 지인들도 꽤 있을 거구요."

이혼 문제로 부인에게 저주 굿을 건 오성구가 나섰다.

"네, 그럴 겁니다. 이 저주 굿을 하는데 1억 원 가까운 돈이 들어가니 아무 효과도 못 본 사람들은 그냥 1억 날리는 거니까 앙심을 품을 수도 있겠죠."

가만히 있던 안소영이 끼어들었다. 그녀는 시어머니와 갈등이 있었던 며느리였다.

"그런데 1억 때문에 사람을 그렇게 잔인하게 죽일 사람이 있을까요? 그것도 무당을…."

강산은 고개를 저었다.

"돈 몇만 원 때문에도 살인을 하는 게 인간입니다."

강산은 세 사람을 차례로 보고는 말을 이었다.

"저는 세 분이 수라 보살을 죽였다고는 생각하지 않습니다. 만약 누군가 수라 보살을 죽였다면 저주 굿을 이루지 못한 사람 중에 있겠죠. 그래서 말씀인데 각자 의심 가는 사람이 있으면 저한테 알려주십시오. 말로 전달하기 꺼려지시면 제 핸드폰으로 문자를 보내시면 되겠습니다. 그렇게 해주시면 앞으로 여러분을 귀찮게 할 일은 없을 겁니다."

말을 마친 강산은 자리에서 일어났고 세 사람은 일어날 기미가 안 보였다.

"오늘 중으로 부탁드립니다. 세 분이 배우자와 시어머니의 살인사건에 연루되어 있진 않겠죠? 수라 무당 건도요, 하하."

강산은 그들이 부담될 만한 말을 슬쩍 던지고 자리를 떴다.

●

강산의 노림수는 먹혀들었다. 세 사람은 각자 의심 가는 사람들의 이름을 문자로 보내왔다. 깅산은 일주일에 걸쳐 그들이 보내온 문자와 태상, 미나가 찾은 자료를 바탕으로 용의자를 찾아 나섰다. 하지만 별 성과는 없었고 하루 종일 탐문을 하느라 지친 강산은 오랜만에 블루노트 바에 들렀다. 블루노트는 모델 출신 조화란이 운영하는 바였다. 강산은 늘 그렇듯 바 구석 자리에 앉아 싱글몰트 위스키를 마셨다.

"많이 지쳐 보이시네요?"

키가 크고 매혹적인 분위기를 풍기는 조화란 사장이 강산 맞은편으로 와 말을 건넸다. 그녀에게서 은은한 향수 냄새가 났다.

"초췌하죠? 면도도 못 해서…"

"아니에요. 수염 잘 어울리시는데요, 뭐. 그런데 또 어려운 사건 맡으셨나 봐요?"

강산은 위아래로 가볍게 고갯짓을 하며 미소를 지었다.

"늘 그렇지만 이번에도 해결하기 어려운 사건이라 제게 온 거겠죠. 그런데 사장님은 점집 좋아하시나요?"

"점집이요? 몇 번 간 적은 있어요."

"어땠나요?"

강산은 흥미롭다는 듯 바 건너편에 서 있는 조화란을 쳐다봤다.

"재미있긴 한데…. 더 가고 싶지는 않아요."

"왜죠?"

"무당이 과거를 맞히면 신기하고 미래를 얘기하면 긴장되는데, 무당이 말하는 미래는 믿기도 그렇고 안 믿기도 그렇고…. 좀 찜찜해서요. 과거는 어차피 지나간 거고 미래는 괜히 안 좋은 점괘 나오면 기분 나쁘고, 그렇잖아요?"

"그렇군요."

"그런데 제 친구들은 자주 가더라구요. 심리치료 받으러 가는 그런 느낌?"

강산은 그럴 수 있겠다는 듯 옅은 미소를 보이고는 술잔을 들었다.

'수라 보살이 죽기 전 일어난 세 건의 사망사고의 공통점은 목격자도 없고 CCTV도 없는 곳에서 홀로 죽어갔다는 것이다. 교통사고는 강진동 후미진 곳에서 벌어진 뺑소니 사고였고 물놀이 사고도 홀로 강 상류에 갔다가 그렇게 되었고 용화산에서 단순 실족사로 판명된 사고도 목격자가 없다. 그렇게 따지면 수라 보살이 죽은 이번 사건과의 공통점이 확보되는 것 아닌가? 아무도 없는 곳에서 사건이 벌어진다…. 수라 보살의 죽음은 타살이니 그렇다쳐도 나머지 사망사고까지 모두 같은 공통점을 갖고 있다는 것은 의심스러운 일 아닌가?'

집으로 돌아와서도 강산은 머릿속을 떠다니는 여러 개의 사건을 하나하나 정리하느라 밤새 잠들지 못했다.

●

아침 일찍 사무실에 출근한 강산은 커피를 마시며 창가에 서서 바깥을 내다보고 있었다. 날이 추워서 그런지 인적이 거의 없었다.

'현재로서는 수라 보살을 죽였을 거라 의심되는 인물조차 없다. 여러 사람을 탐문했지만 모두 알리바이가 확실하고 이렇다 할 냄새를 풍기는 사람도 없다…'

이렇게는 실마리가 안 풀리겠다고 판단한 강산은 미나, 태상과 사무실 소파에 마주 앉았다.

"무당의 저주를 받고 죽은 세 사람은 모두 목격자가 없고 CCTV도 없는 곳에서 홀로 죽어갔어. 뭔가 이상하지 않니?"

강산의 말에 태상이 기다렸다는 듯 대답했다.

"저도 그게 참 이상했는데요, 저주 굿이라는 게 아무 소용도 없다는 전제 하에 생각해 보면 기가 막힌 우연이죠."

"그러게요. 사망한 세 사람 모두 그들이 죽기를 바란 사람들이 있었고 그들 모두 저주 굿을 한 뒤에 죽었으니, 말이에요."

미나도 태상의 의견에 동의하는 듯했다.

"결국 그 세 건의 사망사고는 수라 보살과 관련이 있다는 뜻이 아닐까?"

"어떻게요?"

태상이 궁금하다는 듯 눈을 반짝였다.

"돈의 관점에서 보면 저주 굿을 행하는 수라 보살이 그 명성을 유지하기 위해서는 누군가 실제로 죽어줘야 해. 그러지 않고서는 사람들이 찾아올 리 없잖아? 아무 소용도 없는 저주 굿에 누가 1억 가까운 돈을 쓰겠어? 게다가 백화 말에 의하면 수라 보살은 애초에 실력이 좋은 무당도 아니었다고 하더라."

"그럼, 수라 보살이 그 사람들을 죽였다는 건가요? 그리고 그것에 앙심을 품은 누군가가 수라 보살을 죽이고?"

미나가 눈이 휘둥그레져 물었다.

"그럴 가능성도 있지. 중요한 건 그 세 건의 사고는 저주나 우연에서 비롯된 것이 아니라 돈에서 비롯된 사건일 가능성이 크다는 거지."

태상이 눈을 끔뻑거리며 강산의 말을 이어받았다.

"실은 제가 혹시나 하고 그 부분을 따로 조사해 봤거든요."

"오, 그래?"

강산의 얼굴에 활기가 돌았다.

"그런데 수라 보살이나 그 주변에 앞선 세 사람을 죽일 만한 사람이 없었어요. 수라 보살 혼자 죽이기에는 무리인 것 같아서 혹시 누군가의 도움을 받았나 찾아봤는데…. 아무것도 없어요."

"메신저 기록이나 메일도 다 찾아봤겠지?"

"네, 우리 의뢰인들과 나눈 대화까지 다 뒤져봤는데 전혀 그런 기미가 없었어요."

"아, 그렇구나. 앞선 세 사람의 죽음을 밝혀내야 수라 보살의 죽음의 이유도 알아낼 텐데…."

강산은 깊은 한숨을 내쉬고는 창밖을 바라봤다. 어느새 거리에는 눈이 내리고 있었다.

●

앞선 세 사건이 안 풀리자, 강산은 일단 수라 보살 살인사건에 집중하기로 했다. 하루 종일 일을 하고 녹초가 된 강산은 간단히 장을 봐서 집으로 가 저녁을 차리고 있었다. 막 밥을 먹으려는데 태상에게 전화가 왔다.

'무슨 일이지?'

"응, 태상아!"

"탐정님, 제가 수라 보살이 죽은 용화산 근처 CCTV를 뒤지다가 우연히 발견했는데요. 성경을 손에 든 남자의 뒷모습이 찍혔거든요? 그런데 성경에 피가 묻어 있는 것 같았어요. 손에는 가죽장갑을 끼고 있고요."

"뭐라고?"

강산은 서둘러 태상에게 영상자료를 전송받아 확인했다. 태상의 말 그대로였다.

"하, 이렇게 되면 수라 신당에 오던 사람들 중 기독교 신자에게 포커스가 집중되는 건가?"

강산의 눈빛이 날카로워졌다.

강산은 태상, 미나와 함께 수라 신당 고객 중 기독교나 천주교와 관련 있는 인물을 추리기 시작했다. 네 명이 추려졌는데 그중 셋은 여자였다. 용화산 근처 CCTV에 찍힌 인물은 남자로 보였기에 단 한 명만 남은 셈이었다.

"내가 만나봐야겠구만."

강산은 교회에서 장로직을 맡고 있는 김영성을 찾아갔다. 하지만 그는 이미 전날 오후 구속된 상태로 동남서 유치장에 있었다.

"아, 내가 한발 늦었구나."

강산은 동남서 유치장으로 가서 김영성을 접견했다.

"이게 도대체 무슨 일인지 모르겠습니다. 저는 용화산에 간 적도 없는데 이렇게 사람을 가둬 놓다니…."

김영성은 정말 억울한 듯 격앙된 목소리를 냈다.

"제 지문이 묻은 성경책이 용화산 아래에 떨어져 있었다고 하는데…. 저는 전혀 모르는 일입니다. 얼마 전에 집에 도둑이 들어서 물건 몇 개를 훔쳐 갔는데 그중에 성경책도 있었거든요. 그래서 성경을 훔쳐 가는 도둑이 다 있나 했는데…."

"그 말은 누구도 믿어주지 않았고요?"

강산이 예리한 눈으로 김영성을 쳐다봤다.

"네, 억울합니다, 억울해요! 저는 그냥 마귀의 소굴로 들어가서 그 상태를 보려고 그 점집에 갔던 건데…. 이렇게 나를 죄인으로 몰다니요, 흐윽..."

50이 다 된 남자가 우는 모습은 처량맞기 그지없었다. 접견을 마치고 경찰서를 나오던 강산은 김오곤 형사와 마주쳤다.

"하, 이거 명탐정 안강산 씨구만. 그런데 어쩌지? 내가 범인을 잡아버려서, 후훗. 저주 굿 후에 죽은 사람들을 그렇게 만든 게 무당이라는 사실은 아시나?"

강산은 깜짝 놀랐다.

"뭐라고? 수라 보살이 저주 굿 대상자들을 직접 죽였다고?"

"무당 컴퓨터에 다 나와 있다고. 그 독한 여자가 사람들을 어떻게 죽였는지, 후후. 그나저나 안강산 씨 그 실력으로 어떻게 탐정을 하시나 몰라."

강산이 김오곤을 쏘아봤다.

"예의 좀 지키시죠, 김오곤 형사. 경찰 선배한테 그게 무슨 태도입니까?"

"경찰 선배? 비리 저지르고 잘린 주제에!"

강산은 김오곤에게 바짝 다가서서 잡아먹을 듯 그의 눈을 노려봤다.

"김오곤, 아무것도 모르면서 날 건들지 마라. 난 더 이상 잃을

게 없는 사람이다!"

강산은 김오곤의 어깨를 툭 치고 동남서를 나왔다.

●

사무실로 돌아온 강산은 미나, 태상과 함께 유치장에 있는 김영성의 집 근처 CCTV 탐색에 돌입했다.

"탐정님, 김영성 씨 말대로 정말 집에 도둑이 들었던 것 같은데요? 여기 CCTV에 잡혔어요!"

강산의 눈이 태상이 잡아낸 CCTV 영상으로 빠르게 돌아갔다.

"어?"

"왜요, 탐정님?"

"비슷해!"

"뭐가요?"

"용화산 CCTV에 잡힌 범인의 뒷모습하고. 범인은 운동을 많이 한 사람처럼 어깨가 떡 벌어진 체형이야. 반면 김영성은 범인과 신장은 비슷하지만 어깨가 앞으로 구부정하게 굽어있단 말이지."

미나가 놀랍다는 듯 되물었다.

"그런데 이 도둑이 수라 보살 살인사건의 범인 뒷모습과 닮았다는 거죠?"

"맞아, 거의 일치해. 걸음걸이도 동일인으로 보이는데?"

이번에는 태상이 물었다.

"그런데 왜 범인이 김영성 집을 턴 거죠?"

"도둑질은 연막작전이고 성경을 훔치기 위해 김영성의 집에 침입한 걸 거야!"

"아, 김영성에게 범죄를 덮어씌우려고…?"

강산은 크게 고개를 끄덕이며 자리에서 일어났다.

"그렇지. 그런데 이 걸음걸이 왠지 낯이 익은데…."

강산의 머리가 빠르게 돌아갔다.

●

마음이 복잡해진 강산은 오랜만에 동남 강변에서 포장마차를 하는 이명도를 찾아갔다. 이명도는 강산이 형사 시절 잡아넣은 적 있는 인물로 현재는 포장마차를 운영하며 건실히 살고 있었다. 하지만 여전히 어둠의 세계에 끈이 닿아 있어 가끔 쏠쏠한 정보를 얻곤 했다.

"어서 오세요! 어? 웬일이세요?"

손님인 줄 알고 반갑게 인사를 하던 이명도가 강산을 보고 긴장한 듯 눈썹을 치켜떴다.

"명도야, 긴장 안 해도 돼. 오늘은 강바람 맞으면서 소주 한잔 하러 왔다."

"실연이라도 당하셨나?"

"후후…. 그럴 일이 있겠니, 내가? 소주나 줘라."

이명도는 강산을 흘낏거리며 소주와 어묵 국물을 내주었다. 강산은 말없이 소주만 홀짝였다. 평소와 다른 강산의 모습에 신경이 쓰이는지 이명도는 강산 옆에 있던 손님들이 나가자 바로 관심을 보였다.

"무슨 사건인데 그래요? 지금 안 풀리는 거죠?"

"맞아. 무당이 하나 죽었는데 제법 솜씨가 좋아. 그렇다고 전문 킬러는 아닌 것 같고. 너 뭐 들은 거 있니?"

이명도는 고개를 저었다.

"없어요, 전혀!"

강산은 답답한 마음에 이명도에게 간략히 사건 개요를 설명했다. 그는 어둠의 세계에 있던 사람이라 이해가 빨랐다.

"그러니까 무당이 사람들을 죽이는 굿을 하면서 돈을 벌었는데 이제 그 무당이 죽었다는 거네요? 그죠? 형사 한 놈은 전부터 그 무당집을 들여다보고 있었고."

순간 강산의 눈이 번쩍하고 빛났다.

'수라 보살 단독범행으로 보기에는 여전히 무리가 있고, 무당의 사주를 받은 킬러라면 굳이 김영성에게 죄를 뒤집어씌우려고 했을 리가 없다. 그냥 죽이고 사라지면 그만이다. 그렇다면…. 무당과 엮여있는 누군가…!'

강산이 자리에서 벌떡 일어났다.

"아, 술 먹다가 갑자기 왜 그러세요?"

"명도야, 고맙다. 으이그, 귀여운 녀석!"

강산은 이명도의 볼을 쭈욱 잡아 늘어뜨리고는 서둘러 포장마차를 나갔다. 강산의 뒷모습을 보며 이명도가 투덜댔다.

"세상 오래 살고 볼 일이다. 내가 저 독종 안강산한테 귀엽다는 소리를 다 듣고, 참내."

이명도는 강산이 잡았던 볼을 매만지다 짜증 난다는 듯 자신의 자리로 돌아갔다.

●

불 꺼진 사무실로 돌아온 강산은 태상이 찾아낸 용화산 CCTV 자료를 다시 확인했다.

"아, 여기다! 희미하게 찍힌 영상이지만 그놈이 맞구나. 바닥에 발을 끄는 그 걸음걸이!"

강산은 태상에게 전화를 걸었다.

"태상아, 밤늦게 미안하다. 급한 일이 있어서 그런데, 혹시 사무실에 나올 수 있니?"

"아, 그럴게요. 어차피 집에서 게임하고 있었어요."

태상은 고맙게도 바로 사무실로 와주었다.

"고맙다, 태상아. 내가 이번 일 끝나면 보너스 두둑이 챙겨줄게."

"그런데 무슨 급한 일이라도 있는 건가요?"

"의뢰인 중에 김진호라고 있잖아? 수라 보살 남편."

태상의 얼굴이 긴장감으로 굳어졌다.

"설마 그 사람…?"

"맞아. 의심할 만한 정황이 있으니까, 김진호에 대해 샅샅이 조사해 줘. 출생부터 현재까지 다 조사한다는 생각으로, 오케이?"

"네, 해볼게요."

태상은 서둘러 노트북을 켜고 김진호를 파기 시작했다. 강산은 사무실을 서성거렸다.

'김오곤 형사가 수라 신당과 관련된 사망사고를 조사하고 계속 조여오니까 김진호는 마음이 급했을 거야. 그래서 고심하던 중에 신당에 온 적 있는 김영성을 떠올렸을 거야. 그가 독실한 기독교 신자인 걸 알고 아이디어를 떠올려 자신의 아내이자 무당인 수라 보살을 살해한 거야. 그리고 신당 컴퓨터에 앞서 죽은 세 명을 수라 보살 자신이 직접 죽였다고 자백하는 일기를 조작해 놓고!'

강산은 초조한 마음으로 사무실을 돌다 밖으로 나가 야식으로 군고구마를 사 왔다.

"탐정님 이거 어디서 사 오셨어요? 이 밤에."

"요즘엔 편의점에서도 군고구마 팔던데? 음료랑 같이 먹어라."

태상은 군고구마를 입에 문 채 일에 집중했고 중요한 정보를 하나씩 하나씩 빼내기 시작했다.

"지금 김진호 SNS 뒤지고 있는데요, 이분 특수부대 출신인데요?"

"그래? 역시 프로는 아니더라도 일반인과는 달리 치밀하다고 생각했다."

태상과 강산은 같이 밤을 새우며 김진호의 이력을 면밀히 조사했다. 아침에 콧노래를 부르며 출근하던 미나가 두 사람을 보고 깜짝 놀랐다.

"어머, 밤새셨어요? 군고구마 드셨구나. 냄새가 진동하네."

미나가 창문을 열어 환기를 하며 두 사람의 작업에 관심을 보였다.

"그래, 미나야. 너도 좀 도와라. 지금 김진호가 소속돼서 일하고 있는 건설회사 가서 김진호 지방 출장이 몇 번이나 있었는지, 언제 있었는지 확인 좀 해줘."

"네, 알겠습니다!"

미나는 소파 테이블에 남아 있던 군고구마 하나를 집어 들고 사무실을 나갔다.

'김진호, 이제 얼마 안 남았다!'

잠을 못 자 퀭해진 강산의 눈이 야수처럼 빛났다.

●

외근을 다녀온 미나, 그리고 밤샘 작업을 마치고 같이 사우나에 다녀온 강산과 태상은 함께 점심을 먹으며 이야기를 나누었다. 사무실 근처 콩나물국밥집이었다.

"탐정님, 제가 건설회사 가서 알아봤더니 김진호 그분 최근 1년 동안 지방 출장을 간 적이 없어요. 동남시 공사 현장에만 투입됐어요."

"용케 알아냈구나!"

강신이 기특하다는 듯 말했다.

"동남건설에 갔더니 글쎄 예전에 저랑 킥복싱 도장 같이 다녔던 친구가 경리로 있더라구요. 그래서 아주 쉽게…."

이번에는 태상이 밤새 모은 정보를 공유했다.

"김진호 금융 기록을 보니까 주식하고 코인을 꽤 많이 했더라구요. 수익률은 처참한 수준이었고요. 최근 3년 동안 20억 원 가까운 돈을 넣었는데 지금 계좌에 남은 건 양쪽 합쳐서 3억 정도

밖에 안돼요. 그리고 인터넷 기록 보니까 항공권이랑 동남아 국가들 검색이 유난히 많았어요."

"아무래도 다른 나라로 뜨고 싶은 모양이구나. 여기는 마음이 편치 않을 테니…."

강산이 갑자기 핸드폰을 꺼내 들었다.

"어, 택수야. 오랜만이다. 내가 영상 세 개 보낼 테니까 동일인인지 확인해 줄 수 있을까? 오케이, 고맙다."

평소 친분이 있는 영상분석관 정택수와 통화를 하고 나서야 강산은 편히 식사할 수 있었다. 국밥을 들이키듯 먹던 강산이 불현듯 미나를 쳐다봤다.

"미나야, 정택수가 김영성 집에 도둑질하러 들어간 남자하고 용화산에서 수라 보살 죽이고 성경 들고 내려오던 남자, 그리고 우리 사무실 CCTV에 찍힌 의뢰인 김진호가 동일인인 거 확인해 주면 바로 김진호 친다! 시간 없으니까, 홍정화하고 상의해서 일단 잡아야겠어!"

말을 마친 강산은 다시 콩나물국밥에 집중했다.

●

그날 밤 정택수 영상분석관에게 동일인이 확실하다는 답변이

왔다. 강산은 동남서 인근 공원에서 홍정화 형사를 만났다. 날이 추웠지만 그들은 상관하지 않고 마주 서서 이야기를 나누었다.

"정황상 김진호가 범인일 가능성이 매우 높네요. 일단 김영성 자택에 무단침입하고 물건을 훔친 건 사실이니까 쳐도 되겠어요. 제가 가서 잡아 올게요."

"아니야, 정화야. 내가 잡게 해줘. 이 녀석 때문에 너무 애를 먹어서 꼭 내 손으로 잡고 싶거든."

"정 그러시면 제가 백업으로 움직이죠."

"말이라도 고맙다. 내가 잡고 나서 연락할게. 빨리만 와줘, 하하."

강산은 기분 좋게 웃으며 돌아섰다.

●

홍정화와 헤어진 강산은 차를 몰고 미나, 태상과 합류한 뒤 김진호의 자택으로 향했다.

"미나, 태상이는 김진호 집 앞과 뒤를 맡아줘. 길목을 차단해 달란 말이야."

"혼자 괜찮으시겠어요?"

"괜찮아. 같이 움직이는 것보다는 도주로를 차단하는 게 더 중요해!"

말을 마친 강산은 길가에 차를 세우고 김진호의 집 쪽으로 천천히 걸어갔다. 미나, 태상도 차에서 내려 각자의 위치로 갔다.

●

강산은 김진호가 살고 있는 2층 주택 앞에 서서 인터폰 통화버튼을 눌렀다. 1, 2층의 불이 모두 켜져 있는 걸 보니 집에 있는 것이 분명했다. 하지만 반응이 없었다. 강산은 반복해서 인터폰을 눌렀다. 잠시 후 김진호가 아닌 웬 젊은 여자의 목소리가 인터폰에서 흘러나왔다.

"누구세요?"

약간 술에 취한 듯한 목소리였다.

"혹시 김진호 씨 계신가요?"

"누구신데 우리 오빠를 찾아요?"

"아, 저는 탐정 안강산이라고 하는데 여쭤볼 게 있어서요."

잠시 정적이 흐른 뒤 김진호의 거친 목소리가 흘러나왔다.

"너무 늦었으니까, 나중에 오시죠."

"아내 분 죽이고 새 여자 친구와 오붓한 시간을 보내고 계셨나 봐요?"

강산은 일부러 김진호를 자극했다.

"이 사람이 무슨 말도 안 되는 소리를!"

김진호는 버럭 소리를 지르고는 잠옷 차림으로, 밖으로 나왔다. 강산은 여유롭게 웃으며 그를 지켜봤다.

"일 맡겼으면 그거나 잘할 것이지 왜 의뢰인 집에 이렇게 무례하게 찾아옵니까? 한 번만 더 이러면 일 취소하겠습니다."

"일을 맡긴 건 수라 보살 동생분이죠. 당신은 마지못해 우리 사무실까지 따라온 거 아닙니까? 그러니 당신은 이번 의뢰 취소할 자격이 없습니다!"

"뭐라구? 이 사람이 미쳤나?"

김진호가 흥분해 화를 내자 강산의 눈빛이 매서워졌다.

"미친 건 바로 당신, 김진호 씨입니다. 수라 보살이 저주 굿을 하는 걸 안 당신은 돈벌이를 위해 아내 몰래 그 대상자들을 셋이나 죽이고, 그것도 모르고 자신이 꽤나 잘나가는 무당인 줄 알았던 수라 보살까지 죽이고, 이 모든 게 돈 때문에 벌어진 일이니, 당신이 미친 거죠. 아닌가요?"

"너 말이면 다야?"

김진호가 금방이라도 강산을 공격할 듯 양 주먹을 쥐었다.

"왜요? 나도 죽이고 싶은가요? 당신은 이제 끝났습니다. 돈 때문에 사람을 죽이고 경찰이 수사망을 좁혀오자 아내뿐만 아니라 아무 죄도 없는 김영성을 끌어들여 모든 죄를 덮어씌웠습니다. 김영성 집에 침입한 당신 모습이 CCTV에 찍혔다고요!"

"뭐…라고?"

눈빛이 급격히 흔들리던 김진호가 갑자기 돌아서서 마당 안쪽으로 도망치기 시작했다.

"이런, 뒷문으로 도망치려는 것 같은데? 뒷문에 미나가 있을까, 아니면 태상이가 있을까?"

강산이 급히 김진호를 뒤쫓았으나, 속도가 워낙 빨랐다. 강산이 숨을 몰아쉬며 김진호를 따라 집 뒷길로 향하는데 누군가 커억 하고 쓰러지는 소리가 들렸다. 강신이 뒷길에 진입해 보니 태상이 대자로 뻗어 있었다.

"이런! 태상아, 괜찮니?"

강산이 톡톡 태상의 볼을 치자 태상이 손을 뻗어 범인이 도망친 방향을 가리켰다. 강산은 서둘러 그쪽으로 뛰어갔고 잠시 후 또 다른 소리가 들렸다. 여자의 까랑까랑한 기합 소리였다.

"아, 용케 미나가 따라붙었구나!"

강산이 달려가보니 미나와 김진호가 서로 치고받으며 혈전을 벌이고 있었다.

"역시 김진호, 만만한 상대가 아니야!"

강산은 허리춤에서 삼단봉을 꺼내 촤악 펼쳤다.

"김진호 너는 끝났어!"

강산은 곧장 달려들어 미나에게 주먹을 날리는 김진호의 손목을 삼단봉으로 내리쳤다.

"흐억!"

김진호는 삼단봉에 맞은 손목을 다른 손으로 감싸며 강산에게 발길질을 시도했다. 하지만 강산이 다시 삼단봉으로 그의 허리를 휘어 쳤다.

"크아악!"

이번에는 타격이 컸는지 그는 그대로 주저앉았다. 강산은 바로 핸드폰을 꺼냈다.

"정화야, 얼른 와줘. 아, 이미 오고 있다고? 오케이, 김진호 집 뒷골목으로 오면 보일 거야!"

가까이서 경찰차 사이렌 소리가 요란하게 들려왔다.

•

이주일 후 강산은 미나, 그리고 얼굴에 아직 멍이 있는 태상과 함께 회식을 했다. 미나와 태상의 의견을 물어 간 유명 스테이크 하우스였다.

"너희들 얼굴 보니까 내가 가슴이 아프구나."

"제가 복싱에서 배운 원투를 날렸는데…. 김진호가 저보다 조금 더 빨랐어요."

태상이 민망하다는 듯 말했다. 운동 실력이라고는 없는 태상은 최근 체력 단련을 위해 권투를 시작했다. 각종 무술에 능한 미나가 태상을 위로하듯 말했다.

"맞아. 특수부대 출신이라서 그런지 아저씬데도 주먹이 세더라구. 나도 탐정님 안 왔으면 꽤 고전했을 거야."

"이번에 정말 고생들 많았어. 홍정화가 김진호 구속해서 자백도 다 받아내고 그 전에 저주 굿 하고 죽은 사람들 사고사로 위장한 방법까지 다 알아냈더라고. 홍정화 형사도 알고 보면 대단한 친구야."

미나는 김진호가 사람들을 죽인 방법에 관심을 가졌다.

"수라 보살은 그렇다고 쳐도 그 전에 사고로 위장한 사망 사건들은 어떻게 한 거래요?"

"자동차 사고는 트럭 하나 구해서 밀어버리고, 물놀이 사고는 미리 잠수해 있다가 아래서 끌어당기고, 산에서는 뒤에서 밀고, 이렇게 해서 수라 보살을 유명하게 해놓고 수라 보살이 받은 돈을 거의 다 착복한 것 같더라고. 결혼한 지 3년밖에 안 된 둘의 관계가 왜 그렇게 됐는지 몰라도 김진호는 수라 보살을 완전히 장악해 착취했어. 그걸 또 주식으로 다 날리고, 참내."

태상이 심각한 표정을 지었다.

"혹시 저주 굿을 의뢰한 사람들하고 따로 만나서 모의를 한 건 아닐까요? 저주 굿 한 사람들 부탁을 받고 죽인 거 아니에요?"

"흐음, 나도 그런 생각을 해봤는데 홍정화 말에 의하면 그 사람들과의 금전 거래나 접촉은 전혀 없었다고 하더라."

강산과 태상이 심각하게 이야기를 나누는 사이, 미나는 앞에 놓인 등갈비 스테이크를 써느라 여념이 없었다.

"자, 이제 사건 이야기는 그만하시고 샐러드도 드시고 스테이크도 드셔보세요."

"그래, 우리 먹자!"

강산팀은 맛있게 등갈비 스테이크와 연어구이, 샐러드를 먹었다. 강산은 목이 칼칼해 맥주를 시키고 미나, 태상에게 봉투를 내밀었다.

"보너스다. 너무들 고생 많아서 준비했다."

"어머, 감사해요. 그러잖아도 사고 싶은 코트가 있었는데."

"저도 노트북 하나 새로 장만해야겠어요, 헤헤."

"녀석들, 좋아해 주니 나도 기쁘구나. 자, 이제 우리 건배할까?"

강산은 맥주잔을 높이 들었다. 미나와 태상도 앞에 놓인 맥주와 콜라를 들었다.

"범죄 없는 동남시를 위해!"

"모두가 평화로운 세상을 위해, 건배!"

강산팀의 회식은 오늘도 흥겹게 달아올랐다. 어느새 창밖에는 함박눈이 내리고 있었다. 내리는 눈을 보며 함께 식사하는 이 시간만큼은 세상이 참으로 평화롭고 행복해 보였다. 강산은 그것이 참 좋았다.

작가의 말

'탐정 안강산'은 내게 있어 꽤나 의미 있는 작품이다.

여러 장르에 도전해 온 나에게 추리소설은 새로운 도전이었고 그 도전은 현재도 진행중이다.

어려서 읽었던 셜록홈즈 시리즈나 청소년 시절 탐닉했던 아가사 크리스티의 추리소설을 읽으면서 나도 언젠가는 한 번 저런 글을 써보고 싶다는 꿈을 꾸었다.

세월이 흘러 그 꿈이 퇴색되고 잊혀지다가, 유튜브 크리에이터로 활동하면서 기적같이 되살아났다.

그저 추리소설을 써보고 싶다는 열망에 유튜브에서 시작한 탐정 안강산 시리즈가 지금은 120화를 훌쩍 넘었고 내가 운영하는 유튜브 채널 <소리나는 책방>의 대표 작품이 되었다.

이번 책에는 지금껏 유튜브에서만 공개되었던 작품 중 심령사건과 관련된 이야기들을 엄선해 넣었는데, 영상이 아닌 책에서 만나는 탐정 안강산을 독자들이 어떻게 느낄지 궁금하고 많은 분들이 추리소설의 묘미를 느끼셨으면 하는 바람도 가져본다.

끝으로 이 책이 나오기까지 내게 용기와 영감을 준 (주)도서출판 이음의 원상호 님과 늘 나의 첫번째 독자를 자처한 정은숙 님에게도 감사를 표한다.

탐정 안강산
©배선웅, 2025

초판 1쇄   2025년 6월 10일

지은이 | 배선웅
펴낸이 | 서연남
펴낸곳 | ㈜도서출판 이음
편집주간 | 원상호
편집 | 권경륜
디자인 | 정아진 김다슬

출판등록 | 제419-2017-00013호
주소 | 26404 강원특별자치도 원주시 흥업면 한라대길 28, 한라대학교 창업보육센터 203호
전화 | 033-761-3223
팩스 | 033-766-8750
전자우편 | iumbook@naver.com
인스타그램 | @iumbook

ISBN 979-11-988637-5-1

- 이 책의 판권은 지은이와 ㈜도서출판 이음에 있습니다. 이 책 내용의 일부 또는 전부를 재사용하려면 반드시 양측의 서면 동의를 받아야 합니다.
- 값은 뒤표지에 있습니다.
- 잘못된 책은 본사나 구입처에서 바꿔드립니다.